Le bruit de tes pas

Valentina D'Urbano

Le bruit de tes pas

roman

Traduit de l'italien
par Nathalie Bauer

Philippe Rey

Titre original : *Il rumore dei tuoi passi*
© 2012, Longanesi & Co S.p.a.

Pour la traduction française
© 2013, Éditions Philippe Rey
7, rue Rougemont – 75009 Paris

www.philippe-rey.fr

Même le dernier des minables
a besoin d'une histoire

I

24 juin 1987

Les jumeaux, voilà comment les gens nous appelaient.

Ils disaient qu'on était identiques, même si on ne se ressemblait pas.

Ils disaient qu'on était devenus le portrait craché l'un de l'autre à force de se côtoyer, deux gouttes d'eau.

J'étais devant l'église.

Les graviers blancs se faufilaient dans mes sandales, me torturaient les pieds. Mais je n'y faisais pas attention, je continuais mon chemin jusqu'à l'ombre du parvis.

Vue de loin, l'église du quartier est un énorme blockhaus gris maladroitement encastré entre les immeubles. On dirait qu'on l'a fichée, enfoncée dans un trou trop étroit. Pourtant elle est là depuis des années et, de près, on la voit pour ce qu'elle est : quinze mètres de béton et des petits vitraux apparemment noirs, une porte renforcée, au sommet une croix tordue et toute rouillée qui tient comme par miracle.

On l'appelle la Pagode.

Ici, tout a un surnom. L'église, c'est la Pagode. Le quartier, c'est la Forteresse.

Et nous, on était les jumeaux.

Aujourd'hui aussi on nous a appelés comme ça. Il y avait un tas de gens dans l'église, ils murmuraient tous la même chose. Je ne me suis pas retournée, j'ai parcouru d'un pas lent la nef au sol brillant, et ils se sont écartés devant moi. Ils me regardaient à la dérobée, parce qu'autrement c'est mal.

J'ai eu l'impression d'être importante, au centre de l'attention, et j'ai trouvé absurde que cela m'arrive ainsi. Il me semblait que tous les yeux étaient pointés sur moi, même si les gens avaient l'air hébété, l'air de ne pas savoir quoi faire.

Ne vous inquiétez pas, avais-je envie de leur dire. Personne ne sait jamais quoi faire dans ces cas-là.

J'ai déposé le tournesol sur le cercueil et un baiser à l'endroit qui correspondait probablement à sa tête.

Puis j'ai rebroussé chemin du même pas lent et suis sortie.

Vu du parvis, le tournesol paraissait assez lourd pour tout écraser.

Les gens nous appelaient les jumeaux. Maintenant j'ignore comment ils m'appelleront. Peut-être, enfin, par mon prénom, Beatrice. Un prénom particulier, insolite par ici.

Ma mère l'avait entendu prononcer à la télévision dans un film qui parlait d'une princesse. Qui sait, l'idée de la princesse lui a plu, sans doute – je ne lui ai jamais posé la question.

La journée est belle. Un ciel encore bleu surplombe la Forteresse.

Je suis retournée à l'église et j'y suis restée jusqu'à la fin, assise au premier rang. J'ai écouté la messe, me suis levée aux bons moments, ai fait semblant de prier comme les autres. Malgré la fatigue, l'envie de dormir et la nausée, j'ai simulé la dignité.

J'ai même feint de m'intéresser à cette exhibition ridicule, aux bouquets de fleurs autour du cercueil, à la nef bondée. J'ai esquissé un sourire triste, fait mine d'apprécier les phrases de circonstance et les étreintes pathétiques. Dans le seul but de contenter l'assistance.

Don Antonio a déclaré qu'Alfredo était un brave garçon, que tout le monde l'aimait, et que nous devions prier pour son âme sans inquiétude : quand le Seigneur rappelle à lui des jeunes, c'est parce qu'Il les aime, parce qu'Il tient à leur présence à ses côtés dans le royaume des cieux.

Mais j'avais beau m'y efforcer, je n'arrivais pas à me représenter Alfredo dans le royaume des cieux.

Le curé a continué de parler de lui comme s'il le connaissait depuis toujours et l'avait vu la veille. Il répétait qu'il était bon. Un bon garçon. Bon comme du bon pain. Qu'il avait certainement pensé à sa famille et à ceux qui l'aimaient au cours de ses derniers instants.

Et ça, ça m'a rendue dingue.

Alfredo n'était pas bon et personne ne l'aimait, je le sais : quand on est aimé, on ne s'expose pas au risque de mourir seul comme un chien. Quand on est aimé, on a la possibilité de s'en sortir.

Non, Alfredo était un crétin. Il n'a été qu'un imbécile de sa naissance jusqu'à sa mort. Et quand il a crevé, il n'a pensé à rien, il ne s'en est probablement même pas aperçu.

Alfredo ne s'apercevait jamais de rien. Il s'abandonnait aux choses sans opposer de résistance. C'était un geignard, un morveux, ce genre de mec qu'on a d'instinct envie de tabasser, ce genre de mec dont la seule présence vous insupporte. Moi, je le détestais.

Et je l'aimais plus que je ne le croyais. Maintenant je le sais.

Je m'en vais. Ce soir je quitte la Forteresse, ce quartier infect d'immeubles délabrés et de rues poussiéreuses à l'asphalte dévoré par les ans. Malgré son nom désuet, son nom poétique, il n'a rien de noble. Nous n'avons pas besoin d'une forteresse. Les murs ne servent à rien quand c'est contre soi-même qu'on doit se protéger.

Alfredo prétendait qu'il fallait se résigner, se contenter, que vivre dans ce quartier équivalait à s'engager dans un entonnoir : il vous avale et vous empêche de ressortir. Moi, je suis capable de vivre ailleurs, je veux être quelqu'un d'autre, n'importe qui d'autre. Juste différente.

Je ne veux plus avoir sur la peau l'odeur des halls sombres et, dans les narines, la saleté de ces rues. J'en ai assez de regarder ces immeubles blancs transpercés d'antennes illégales, dont le crépi se lézarde, pourrit et tombe en miettes, à l'image de certaines vies.

Je refuse d'être la pièce manquante d'Alfredo. Juste celle qui lui a survécu.

Je sais que j'aurai la nostalgie de lui, même si je ne pourrai jamais l'admettre. Je ferai semblant de rien, comme si ces années ne m'avaient pas traversée, comme si je les avais oubliées ou jamais vécues.

Ce soir je m'en irai, je couperai tous les ponts et essaierai d'oublier son visage, sa voix, l'endroit qu'il habitait et que j'habite. J'essaierai d'oublier aussi le chemin du retour. Et d'en apprendre un autre, le plus loin possible. D'oublier tout et de ne plus revenir. Je partirai en laissant derrière des morceaux de moi-même et je m'abstiendrai de ramasser les éclats que je perdrai en route.

Je serai bien ainsi. Un être brisé, cabossé, qui ne marche qu'à moitié.

À la sortie de l'église, Arianna m'a rejointe. Je l'ai vue s'écarter de la petite foule qui entourait le cercueil et se diriger vers moi. Elle portait une robe noire que je ne lui connaissais pas. Une robe trop grande, certainement empruntée. Je n'ai pas fait de commentaire, je ne lui ai pas dit qu'elle flottait dedans. À vingt ans, on n'a pas de tenue d'enterrement, il faut bien que quelqu'un vous en prête une.

Elle s'est rapprochée, un bouquet de fleurs blanches à la main, les traits tirés, l'air souffrant. Alfredo aurait bien ri : il n'aimait pas les fleurs.

Mais moi, je les aime. Surtout les tournesols. Voilà pourquoi j'en ai déposé un sur son cercueil. Au fond, c'est aussi mon enterrement.

Les yeux d'Arianna étaient rouges et bouffis. Elle avait pleuré sans arrêt pendant la cérémonie.

Pas moi. Je n'ai pas versé une seule larme. Je n'ai rien à pleurer.

« Beatrice, ce n'est pas ta faute, a-t-elle dit, les yeux rivés sur le bout de ses chaussures.

– Non, effectivement. C'est juste sa faute à lui. »

J'ai regardé une nouvelle fois la nef bondée. Dans la pénombre fraîche, six hommes hissaient le cercueil d'Alfredo sur leurs épaules.

Six hommes pour un petit con qui ne pesait pas plus de cinquante kilos.

J'ai tourné les talons. Ce n'est pas ma faute s'il est mort. Je n'y suis pour rien.

C'est tout ce que je sais, la seule chose que je refuse d'oublier.

2

Dans mon enfance, je m'ennuyais ferme. Surtout l'été, quand la chaleur vous paralyse et que seules de vieilles rediffusions passent à la télé.

À la Forteresse, il n'y avait pas d'activités. À la mi-juin, l'école fermait ses portes, et les enfants se retrouvaient libres sans savoir comment tuer le temps. Faire des devoirs était hors de question, et aller à la mer constituaient un rêve inaccessible.

On n'en souffrait pas tellement. La plupart d'entre nous n'avaient jamais vu la mer, et de toute façon personne ne partait en vacances dans le quartier. Les vacances, c'était pour les riches.

Mon frère Francesco et moi occupions nos journées avec les copains à nous rouler dans la poussière des terre-pleins ensoleillés. On jouait à cache-cache, à chat perché, on se bagarrait. Nos parents n'étaient jamais là, et on avait donc tout loisir de s'entre-tuer. On rentrait chez nous au couchant, couverts d'écorchures et de bleus, les vêtements souillés de terre, le visage rouge et moite.

Le soir, quand il faisait particulièrement chaud, ma mère dressait la table sur le balcon avec toujours la même toile cirée à impressions de citrons, du Coca et des bougies pour chasser les moustiques. On avait du mal à se glisser autour, mais on était contents. Ça ressemblait à de vraies vacances. Mon père souriait et affirmait qu'il nous emmènerait à la mer l'année suivante. Il le promettait chaque année. Mais ça ne nous empêchait pas d'être heureux. Les promesses nous suffisaient.

J'avais huit ans l'été où je fis la connaissance d'Alfredo. Mes parents avaient trouvé un boulot saisonnier à l'autre bout de la ville. Mon père comme gardien de garage, ma mère comme femme de ménage. Ils partaient tôt le matin et ne rentraient que le soir, si bien qu'on ne les voyait pratiquement pas.

Mon frère et moi n'avions pas le droit de sortir. On devait occuper l'appartement pour ne pas risquer de le perdre. Car les gens profitaient parfois de votre absence pour forcer les serrures, s'installer chez vous et jeter vos affaires par le balcon sans vous laisser la moindre chance de réagir. C'est ainsi que vous vous retrouviez à la rue du jour au lendemain. Et impossible de recourir à la police : d'une part, les patrouilles n'étaient pas autorisées à pénétrer dans la Forteresse ; de l'autre, l'appartement ne nous appartenait pas. On l'avait squatté, comme tous les habitants du quartier.

À l'époque c'étaient des appartements neufs, en vente. On n'avait donc chassé personne, on n'avait pas volé le toit d'une autre famille. Ce qui nous rendait moins coupables, dans un certain sens.

Obligés de rester à la maison du matin jusqu'au soir, on imitait la façon de parler de nos parents. On mettait la radio à plein volume, on chantait, on bougeait les chaises, ainsi que papa nous l'avait ordonné : « Faites du chahut. Qu'on vous entende de l'extérieur ! »

Mais on avait beau être libres de faire tout le bruit qu'on voulait, on finissait toujours par s'emmerder.

J'avais donc inventé un jeu.

Un concours entre Francesco et moi. L'un après l'autre, on gravissait l'escalier jusqu'au dernier étage puis le dévalait en sonnant à toutes les portes. On riait des imprécations vulgaires que nous lançaient les autres locataires. Ils nous menaçaient de nous gifler ou de tout raconter à nos parents. Mais ils s'en abstenaient – et on devenait de plus en plus effrontés au fil des jours.

Aucun habitant de l'immeuble n'était épargné. À une exception près. Il y avait une porte au cinquième étage à laquelle nous n'avions jamais eu le courage de sonner.

Dans cet appartement, juste au-dessus du nôtre, vivait un type déplaisant qui ne souriait jamais. Grand, émacié, il portait toujours les mêmes vêtements. Il louchait, donnant l'impression de vous fixer en permanence, et ses yeux vous réduisaient en cendres. Il traînait derrière lui une odeur d'alcool, de saleté, de rues sombres et humides, une odeur si forte qu'on la sentait à un kilomètre.

Il avait trois enfants plus ou moins de notre âge, que nous n'avions jamais vus.

Arrivés une nuit, quelques années plus tôt, ils s'étaient installés dans l'appartement du cinquième étage, dont ils avaient ensuite changé la serrure. J'avais compris, aux conversations de mes parents, qu'ils venaient des baraques en tôle ondulée qui poussaient comme des champignons le long du fleuve. C'était là que vivaient les véritables crève-la-faim, en comparaison desquels nous, les habitants de la Forteresse, étions des riches. Au moins, on possédait l'électricité et l'eau courante.

Dans ces baraques, il n'y avait même pas de toilettes. Les gens faisaient leurs besoins dans l'eau, ou dans des trous qu'ils creusaient eux-mêmes. Quand ma mère en avait assez de nos cris et qu'elle voulait nous calmer, elle menaçait de nous y abandonner. Ça marchait à tous les coups. Nous étions terrorisés par la pauvreté qu'on entrevoyait depuis les cannaies : par conséquent, nous avions peur des occupants du cinquième étage.

Jamais les enfants de cet appartement n'avaient joué avec nous. On les entendait pleurer, leurs voix et leurs prénoms nous étaient familiers, mais on n'avait jamais vu leurs visages car ils étaient toujours enfermés. Souvent, le père s'absentait des journées entières et il les tabassait à son retour, complètement saoul. Surtout l'aîné, Massimiliano. Ce qui ne voulait pas dire qu'il prenait des gants avec le cadet, Alfredo. Chaque fois que son père le battait, il hurlait comme un cochon qu'on égorge. Ses cris stridents m'empêchaient parfois de dormir.

Des premières années à la Forteresse, il avait gardé une cicatrice blanche qui lui traversait le visage, coupant un de ses sourcils en deux. Un souvenir que lui avait laissé son père la nuit où je fis sa connaissance, treize ans plus tôt.

En ce mois d'août, la chaleur était presque douloureuse et il régnait, je me le rappelle, un silence étrange, artificiel. Chaleur et humidité créaient une chape qui assourdissait les bruits. Il n'y avait dans la rue ni passants ni voitures.

Je fixais sur la fenêtre des yeux écarquillés quand les hurlements retentirent.

Ils surgirent du néant. Un long hululement de douleur, suivi de sanglots et du bruit sourd d'objets tombant à l'étage du dessus. De nouveau des cris – des cris plus brefs cette fois, étranglés, qui vous donnaient la chair de poule.

Dans la pièce voisine, ma mère bondit sur ses pieds et s'exclama : « Vittorio ! Vitto, réveille-toi ! Les pauvres gosses… il est en train de les tuer ! »

Mon père se leva en jurant et je me glissai dans le couloir. Il boutonnait son pantalon et se dirigeait vers la porte d'entrée en compagnie de ma mère au moment où je les croisai. Ni l'un ni l'autre ne me remarqua.

Un tas de gens, presque tous les habitants de l'immeuble, se pressaient dans la cage d'escalier. Attirés par le vacarme, ils avaient quitté leurs appartements respectifs, le visage bouffi de sommeil, les cheveux ébouriffés, leurs robes de chambre fermées à la hâte sur des débardeurs sales et des pyjamas informes. Ils poussaient et s'entassaient sur le palier mal éclairé en parlant tous ensemble et en agitant leurs cigarettes. La chape de fumée était si dense qu'on avait du mal à respirer. À la faveur de ce désordre, je montai à l'étage supérieur. J'étais intriguée. On avait peut-être commis un meurtre.

Sur le palier sale du cinquième étage, toutes les portes étaient grandes ouvertes.

Au milieu, recroquevillé sur le sol, un minuscule épouvantail pleurait, le visage dans les mains. La première chose que je vis, ce furent ses cheveux. Croyant qu'ils étaient rouges, je les contemplai, fascinée. En réalité, ils étaient couverts de sang.

Ma mère s'approcha avec prudence et posa une main sur son épaule. Il était incapable de bouger : il se contentait de pleurer, terrifié, vous tirant par là même des larmes.

Comme une actrice sur une scène de théâtre, elle lui souleva le menton. Alors apparut son visage : il avait perdu les deux dents de devant, et sur son œil fermé, tuméfié, larmes et sang formaient une croûte.

Seule enfant présente cette nuit-là, j'éclatai à mon tour en sanglots. Sans vraiment savoir pourquoi. M'entendant, mon père se retourna, mais s'abstint de me gronder.

Alfredo, lui, se calma. Il posa sur moi le seul œil qu'il parvenait encore à ouvrir, se demandant peut-être ce que j'avais à gémir. Des deux, c'était quand même lui qui était amoché !

Nous l'ignorions encore, mais cette relation ne changerait pas. Le temps nous l'apprendrait.

Nous n'arriverions jamais à nous comprendre.

3

La nuit dernière, je me suis endormie sur le canapé à l'aube, quelques heures avant l'enterrement. Et j'ai rêvé d'Alfredo.

Je n'avais jamais rêvé de lui. Devoir le supporter toute la journée me suffisait.

Cette nuit, c'est arrivé.

J'étais à l'intérieur d'une pièce aux murs ocre apparemment familiers, de la même couleur que les salles de classe du lycée. Assise par terre, je scrutais obstinément le mur quand la pièce s'est mise à tourner sur elle-même. Je suis alors tombée nez à nez avec Alfredo, vêtu du tee-shirt à l'effigie de Mickey que ma mère lui avait acheté de nombreuses années plus tôt. Je lui ai lancé :

« Tu te marres, hein, Alfredo ?

– Bea, où tu m'as emmené ? a-t-il répondu, l'air distrait. Cet endroit est vraiment merdique.

– Je sais. C'est mon lycée. Tous les lycées sont merdiques. »

Il a secoué la tête, soudain triste. « Ce n'est pas un lycée, Beatrice. C'est ta vie. Tu devrais l'observer de plus près. » Je n'avais pas envie de regarder, mais il m'y a obligée en me soulevant la tête d'un geste brutal. Devant moi se trouvait un miroir, et nous nous y reflétions, d'abord minuscules, puis de plus en plus grands.

Mon image me fixait, et j'ai fondu en larmes, tout comme Alfredo. La glace renvoyait de lui l'image d'un garçon fatigué, éprouvé, et beaucoup plus vieux que son âge.

C'est alors que je me suis réveillée. Ma mère était assise à côté de moi, elle avait les lèvres sur mon front.

«Tu t'agitais. Tu as de la fièvre? a-t-elle dit.

– J'ai rêvé d'Alfredo, m'man.» Elle a plissé les paupières comme si elle essayait de mieux me voir. Pour elle, les rêves ne sont pas innocents.

«Qu'est-ce qu'il t'a dit?

– Rien. Qu'il va bien, ai-je répondu pour lui faire plaisir.

– Tu vois, il est venu te dire au revoir.» Sa voix tremblait, et j'ai eu peur qu'elle ne se mette à pleurer. «Il est venu te dire au revoir.»

4

Parfois, on oublie les choses qu'on a vécues. On les laisse de côté parce qu'elles semblent infantiles, absurdes, on les abandonne, on les refoule. Puis un événement vient les ramener à votre mémoire. Et la vision de la réalité se modifie.

C'est une sorte d'étang. Son eau est claire, inerte. Mais si l'on jette un caillou dedans, elle s'agite, se remplit de terre, se trouble.

Cette terre qui salit l'eau était là, immobile, avant qu'une main décide de la faire remonter à la surface. Mais ça ne durera pas, bientôt tout rentrera dans l'ordre.

C'est un cycle.

En regardant par la fenêtre, j'ai vu la cour inondée de soleil. J'avais cessé de la voir onze ans plus tôt. J'avais cessé de la voir car personne n'avait agité l'étang de ma mémoire. Alfredo s'en est chargé.

La poussière jaune. Les gravats dans un coin. Des mauvaises herbes dans les fissures du sol. Une inscription sur le crépi gris du mur. D'ici on ne la distingue pas, mais elle est bien là.

Pour la regarder, je suis descendue dans cette cour silencieuse, ensoleillée.

Et je l'ai retrouvée. Onze années se sont écoulées, et personne n'y a touché. Elle a survécu au temps qui passe et aux gamins qui sont nés après nous.

Je me suis penchée et j'ai observé ces lettres tordues, enfantines. Je les ai suivies du doigt, comme pour achever le travail qu'une tige de fer volée dans un des innombrables chantiers abandonnés avait entamé.

On voyait les mots ALFREDO et ALLEZ L'INTER! Je m'en souvenais comme si c'était hier. Il les avait écrits.

MERDE À L'INTER, avais-je répliqué un peu plus bas pour le taquiner. Mais mon inscription s'est effondrée avec un bout de crépi qui a dénudé dans sa chute une partie du mur.

Cruelle ironie du sort?

Putain de coïncidence?

Un caillou dans l'étang qui agite la terre?

C'était l'été 1976. Deux années s'étaient écoulées depuis la nuit où son père l'avait presque battu à mort. Alfredo avait neuf ans, un bermuda gris trop grand et roulé plusieurs fois sur son ventre, le crâne rasé parce qu'il avait attrapé des poux à l'école. Il brandissait une tige en fer rouillée et gravait laborieusement le crépi.

Ce souvenir est aussi limpide que si la scène avait eu lieu hier.

J'ai pensé qu'il était mon ami. J'ai pensé qu'il avait vraiment existé: ce jour-là, il avait écrit sur ce mur, posé ses mains dessus. Pour impossible que cela me paraisse, ces mains mêmes m'avaient touchée. Ces mains qui n'existaient plus.

La facilité avec laquelle on s'habitue à la mort d'un être est épouvantable. On sait qu'on ne le reverra pas. Ce n'est pas qu'il est parti: on ne peut nourrir le moindre espoir de le retrouver par hasard. On sait qu'il n'y aura aucune coïncidence de ce genre.

C'est tellement abominable que ça vous donne envie de hurler.

Je me suis assise par terre, dans la poussière poisseuse, j'ai appuyé le front contre le mur et j'ai crié. J'ai crié de toutes mes forces, j'ai crié au point de m'arracher les cordes vocales, au point de me déchirer tout entière. Alors Alfredo est réapparu derrière mes paupières fermées sous l'effet de l'effort : il avait treize ans et les cheveux à l'épaule, il en avait sept et était ensanglanté, il en avait vingt et son visage était bleu, il était mort depuis deux heures… puis il a ressurgi à l'âge de neuf ans, s'éloignant dans un rire et agitant la main dans ma direction, mais moi, je n'avais plus son âge, le petit Alfredo saluait mes vingt et un ans de loin, indistinct, terrible, déchirant.

C'est à cet instant-là que j'ai décidé de partir. Je ne peux pas vivre avec un mort, me suis-je dit, je ne peux pas porter le poids d'un absent. Je ne veux pas rester ici, je ne veux pas crever dans cet endroit, je ne le mérite pas, personne ne le mérite.

Pas même Alfredo.

5

1976. L'été, il y a onze ans.

Des chansons idiotes s'échappaient sans arrêt des radios pour se fondre dans le craquettement des cigales.

La chaleur insupportable, voilà mon souvenir le plus net de cette saison.

L'été, on laissait les portes et les fenêtres ouvertes pour faire circuler l'air, et l'immeuble se remplissait d'odeurs, de bavardages, de chansons.

Chaque année, au mois de juin, après la fin des cours, ma mère nous faisait asseoir sur le rebord de la baignoire, mon frère Francesco, Alfredo et moi, puis nous coupait les cheveux.

Heureux, les deux garçons riaient et gigotaient, mais moi, je pleurais comme une désespérée. Quand ma mère reposait ses ciseaux, je contemplais dans la glace mon horrible coupe au bol et déclarais que je ne sortirais jamais plus dans la rue.

Puis j'oubliais et retournais jouer. Cet été-là, pour la première fois, j'avais une camarade de jeux.

Arianna était arrivée à la Forteresse quelques mois plus tôt. Elle avait mon âge, un nuage de cheveux roux et des parents en prison. Au moment de leur arrestation, une assistante sociale l'avait conduite chez sa grand-mère paternelle qui, ignorant qu'elle avait une petite-fille de dix ans, avait failli trépasser sous l'effet de la surprise. Mais elle ne l'avait pas renvoyée. Arianna assurait que sa grand-mère était gentille. Elle nous invitait souvent chez elle, à la grande joie de Francesco, Alfredo et moi-même.

L'appartement était frais, car toutes les fenêtres donnaient sur une cour intérieure que les rayons de soleil n'atteignaient pas. Sale, humide, souvent parcouru d'énormes rats, certes, mais à l'abri de la chaleur brûlante. Des pieds de basilic un peu flétris se penchaient à la fenêtre de la cuisine. Sur une grosse table collée au mur, il y avait toujours quelque chose de bon à manger.

J'aimais bien Arianna. Mais elle ne venait jamais jouer dans la rue avec nous, prétendant qu'elle ne voulait pas salir ses vêtements.

Aussi, quand Alfredo et Francesco s'en allaient dans leur coin ou sur le terrain de foot de la paroisse, je montais chez elle. Arianna parlait de choses que je ne comprenais pas, des choses bizarres qui se produisent entre les garçons et les filles. Je riais, je les répétais ensuite à Alfredo, qui riait à son tour et déclarait qu'elle avait tout inventé.

Nous savions déjà en quoi nous étions différents. Ma mère avait l'habitude de nous laver ensemble pour gagner du temps, mais elle éludait nos questions et nous grondait lorsqu'on lui rapportait les propos d'Arianna.

Je pensais moi aussi qu'Arianna mentait, mais peu m'importait. J'aimais avoir une amie et je souhaitais que ses parents restent le plus longtemps possible en prison.

Onze années se sont écoulées, et Arianna est toujours là. Son père est mort et, une fois libérée, sa mère a fondé une autre famille. Arianna a les mêmes cheveux roux, vaporeux, mais ce matin, à l'enterrement, son visage avait changé.

Elle s'est levée pendant la messe. Sa tête a ondoyé au-dessus des autres, tandis que tous les regards convergeaient vers elle. Un silence de plomb s'est abattu sur l'église.

Elle s'est agenouillée et a flanqué au cercueil des coups dont l'écho m'a presque fait suffoquer.

« Lève-toi, Alfredo, a-t-elle murmuré. S'il te plaît, lève-toi, sors de là, arrête. »

Dans mon dos, quelqu'un a éclaté en sanglots.

Je l'ai regardée, j'ai regardé sa robe noire trop formelle, déplacée. Son visage chiffonné, brusquement vieilli. Le mien qui, sa pâleur exceptée, m'avait un peu plus tôt semblé normal dans le miroir.

Devoir baisser les bras et porter un fardeau aussi lourd à vingt et un ans m'a soudain paru absurde.

J'ai eu envie de l'embrasser. De lui dire de s'éloigner, d'arrêter de se donner en spectacle. Envie de l'emmener.

Ou, simplement, de m'étendre à côté de cette boîte en bois verni dans la même position qu'Alfredo, pour faire semblant d'être à sa place, dedans.

Et de lui parler, comme s'il pouvait me répondre.

Tu sais quoi, Alfredo ? J'aimerais savoir à quoi tu as pensé quand tu t'es rendu compte que tu étais arrivé au terminus, que tu vivais ton dernier jour, que tu allais mourir.

Quelle est la dernière image que tu as vue ? Tu as peut-être appelé ma mère, puisque tu ne te souvenais même plus de la tienne.

Tu m'as peut-être appelée, moi.

Pour me dire quoi ?

Tu as peut-être compris, avant de disparaître, que j'ai ramé, que tu m'en as fait baver, de toute façon tu ne peux pas m'entendre, mais tu as laissé ton tee-shirt vert au milieu de mes vêtements, c'était ton préféré, et moi je t'aime, Alfredo, je n'ai jamais cessé de t'aimer, à chaque seconde, à chaque instant, pendant toute ta vie, même après, et il faut vraiment avoir envie d'aimer un type comme toi, mais si tu sors de là, je veux bien te pardonner, crois-moi, Alfredo, on n'en parlera plus, si tu continues à aller mal on n'aura qu'à échanger nos rôles, je prendrai ta place, mais parle-moi, s'il te plaît, dis-moi que ce n'est pas vrai, laisse-moi une autre image de toi, pas celle-ci, je la déteste, je ne l'accepterai jamais : elle représente ma défaite, elle me crache au visage que tu as gagné, que tu as réussi une fois de plus à te foutre de moi.

6

Alfredo ne pigeait rien.

Il ne voyait pas ce qui se passait autour de lui, pas même quand c'était sous son nez. Il avait beau me connaître par cœur, il ne devinait pas ce que j'éprouvais.

Ou alors il interprétait un rôle.

Moi je le savais, je l'ai toujours su. Il était comme un frère, plus qu'un frère. En ayant déjà un, j'étais capable de faire la différence. Francesco avait le même nom et la même tête que moi. Être auprès de lui, dormir à ses côtés, c'était comme être seule. Avec Alfredo, non. Mon corps changeait, mes sens s'aiguisaient, et j'en avais terriblement honte. Je rejetais ce nouvel état, je le trouvais dégoûtant. Je le réprimais et le cachais telle une maladie ou une gêne.

J'avais seize ans, mon frère quatorze. Alfredo avait grandi, lui aussi, il avait désormais une voix profonde et un corps beaucoup plus élancé que le mien. Ses quinze ans étaient beaux.

Soudain, je ne voulus plus qu'Alfredo et Francesco me voient nue. Avant de me déshabiller, je m'assurais qu'il n'y avait personne dans les parages. L'idée qu'Alfredo puisse surgir dans ma chambre, selon son habitude, et me surprendre sans culotte me terrifiait. Je croyais être laide parce que je n'étais pas mince. Parce que j'avais de trop grosses fesses. Quand Alfredo regardait les autres filles, mon estomac se serrait et j'avais envie de pleurer. Mais je gardais les yeux secs.

Alfredo me flanquait son coude pointu dans les côtes pour attirer mon attention, et je tournais les yeux dans la même direction que lui. Vers des adolescentes minces, de taille moyenne, au petit cul moulé dans des jeans qui m'étaient interdits.

« J'irais jusqu'à vendre mon âme pour avoir un de ces culs entre les mains, dit-il un jour, le regard fixe. T'as vu ça, Bea ?

– J'en ai rien à foutre. Les filles ne m'intéressent pas. J'en suis une. »

Il pivota, abasourdi. « Mais tu n'es pas comme elles !

– Ah, non ? Et comment je suis ?

– Je sais pas. Toi, c'est toi.

– Pour le cas où tu ne t'en serais pas aperçu, je suis une fille.

– Ouais, mais tu es différente.

– C'est-à-dire ?

– J'en sais foutrement rien, Bea, tu es différente. Me fais pas chier avec cette histoire. Tu veux qu'on s'engueule, c'est ça, hein ? C'est ça ? »

Ce n'était pas du tout ça. Régulièrement je le plantais là, en pleine conversation, une sensation étrange entre la gorge et l'estomac.

Après la nuit sur le palier, Alfredo avait pris l'habitude de se réfugier chez moi quand son père était bourré. On s'entassait dans le grand lit que je partageais avec mon frère, moi au milieu.

À l'âge de seize ans, j'ai commencé à avoir certaines pensées. Je voulais me serrer contre lui, l'embrasser. Je voulais qu'il cesse de voir en moi son meilleur copain. Je voulais coucher avec lui, comme Arianna l'avait fait avec plusieurs garçons déjà. Dans le noir, j'observais son visage, sa bouche ouverte, ses cheveux ébouriffés, son sourcil barré d'une cicatrice blanche.

Tout en l'écoutant ronfler, je me rappelais qu'il était un frère pour moi. Et mes pensées m'écœuraient.

J'ignore si elles lui traversaient l'esprit à lui aussi.

Parfois il me regardait bizarrement, comme s'il me voyait pour la première fois. Quand je lui demandais ce qui lui prenait, il quittait la pièce sans répondre. Il essayait peut-être de se maîtriser. Nous étions frère et sœur. Mieux, nous étions des jumeaux.

Je n'ai jamais su à quoi il pensait à ces instants précis.

J'aurais aimé lui poser la question, comme des milliers d'autres auxquelles je n'aurai jamais de réponse.

7

J'aimerais lui demander s'il se rappelle qu'on avait l'habitude, petits, de se cacher dans le lavoir au dernier étage de l'immeuble, dont l'accès nous était interdit. On l'avait découvert un jour où son père gueulait. Ses cris rauques retentissaient dans la cage d'escalier : comme toujours il insultait ses enfants, menaçait de les tuer, de s'en débarrasser une fois pour toutes. Il se calmait cinq minutes puis recommençait en bafouillant de plus en plus. Massimiliano, l'aîné, avait filé à toute allure. On l'avait vu dévaler l'escalier, rouler sur les marches, se relever et reprendre sa course. Ma mère avait éloigné Andrea, le benjamin.

Le vieux balançait des coups de pied dans la porte de notre appartement. Il exigeait que ma mère lui rende son fils, mais elle criait plus fort que lui. Menaçait de lui tirer dessus.

C'était assez drôle : elle n'avait pas de pistolet, ce n'était qu'une femme de vingt-quatre ans terrorisée. Elle aimait Alfredo. Et ses deux frères. Elle les a toujours traités comme ses enfants.

Ce jour-là on est montés, Alfredo et moi, au dernier étage et on s'est glissés dans le vieux lavoir que le dernier utilisateur avait oublié de fermer à clef. Une grande pièce fraîche aux murs décrépis et aux coins encombrés de mousse, aux grands bassins humides qui sentaient le savon. On s'y allongea, faisant semblant de nager.

Alfredo me proposa de faire comme si on était à la mer. «Tu ne sais même pas à quoi ça ressemble, la mer», rétorquai-je. Il haussa les épaules. Il s'en fichait pas mal.

«Je l'ai vue à la télé.

– Ce n'est pas la même chose. Ce n'est pas la vraie mer.

– Dans ce cas, tu ne l'as pas vue toi non plus.»

J'aurais aimé le contredire. Parfois, vers midi, quand il faisait chaud, l'asphalte se transformait en mer et tout tremblait. Alors j'imaginais des parasols à la place des bancs écaillés. Et les vagues de chaleur qui s'élevaient de la rue viraient au bleu, se rafraîchissaient, comme dans les films du dimanche après-midi.

La voix fluette d'Alfredo m'arracha à mes pensées : «On pourrait demander à mon père de nous y emmener.

– Ton père est toujours bourré! objectai-je en m'asseyant.

– Pas toujours.

– Presque toujours.

– Quand je serai grand, j'irai seul.

– On ira ensemble.»

Alfredo secoua la tête. Il voulait aller au bord de la mer faire des choses qui m'échappaient.

Il irait en Amérique et je le verrais à la télé. Puis il reviendrait, on se marierait et on aurait des enfants.

«On ne les frappera jamais, affirma-t-il d'un ton convaincu. On les laissera faire tout ce qu'ils voudront et on ne les frappera jamais.»

À l'âge de neuf ans, l'idée d'épouser Alfredo ne me semblait pas mauvaise.

À l'école, tout le monde disait qu'on était fiancés. Les élèves riaient, applaudissaient et fredonnaient la marche nuptiale sur notre passage. Furieux, Alfredo leur distribuait des coups de pied. Moi, je m'en fichais pas mal : ils pouvaient bien raconter ce qu'ils voulaient. Je lui disais de ne pas les écouter, mais chaque fois qu'ils se moquaient de lui il cessait de m'adresser la parole, ou même seulement de me regarder. Au lieu de s'en prendre aux autres, il s'en prenait à moi. À la sortie, je lui flanquais des coups de règle jusqu'à ce qu'il finisse par desserrer les dents. Ses bouderies me mettaient hors de moi.

S'il s'abstenait de réagir, c'était parce que j'étais plus grande et plus robuste que lui. Il préférait laisser glisser, il n'aimait pas se disputer avec moi, car je gagnais toujours. Il encaissait mes coups en silence et, le soir, racontait tout à ma mère.

Elle était très jeune. Cette année-là, au mois d'octobre, elle aurait vingt-cinq ans. Je trouvais que son air sérieux lui allait mal : il la vieillissait, la faisait ressembler aux mères de mes camarades de classe.

«Tu as de nouveau frappé Alfredo», me dit-elle un jour. Ce n'était pas une question.

Je haussai les épaules et détournai la tête en affichant l'arrogance de ceux qui n'ont jamais été giflés.

Je m'attendais à ce qu'elle me tienne son habituel discours barbant, comme quoi Alfredo recevait déjà assez de coups sans que je m'y mette aussi. Mais je ne le frappais pas de la même manière que son père. Mes coups étaient différents. Je voulais juste qu'il m'écoute, qu'il m'obéisse. Si je le frappais, ce n'était pas dans le but de le tuer. Mais pour qu'il comprenne que j'avais raison, et lui tort.

Je m'apprêtais donc à entendre le même refrain, à répondre que j'avais compris, que j'étais d'accord, que je m'étais mal conduite, que je ne recommencerais pas.

Ma mère me flanqua une gifle.

Ma tête se déporta sur le côté, je m'en souviens, et la stupeur, plus que la douleur, me coupa le souffle.

Bouleversée, je la dévisageai.

« Ne refais plus jamais ça, dit-elle. Ne te hasarde plus à toucher Alfredo. Tu ne te rends pas compte de la chance que tu as, tu ne comprends rien. »

Elle se leva et quitta la cuisine. Je restai là à remâcher ma chance : cette chance voulait que ma mère me gifle afin de défendre un garçon qui n'était pas son fils, qui n'était rien pour elle.

Je passai de l'eau froide sur ma joue brûlante, au-dessus de l'évier. Pendant que je refermai le robinet, j'entendis ma mère rire dans le salon devant un film comique. Mon père et mon frère riaient, eux aussi. Une bouffée de haine semblable à celle que j'éprouvais à l'égard d'Alfredo s'empara de moi.

J'étais très possessive. La nouvelle situation me déplaisait. Alfredo avait fait irruption dans notre famille et accaparé des attentions réservées auparavant à mon frère et à moi. En réalité, Francesco s'en moquait : il était content, il aimait bien Alfredo. Du reste, tout le monde l'aimait bien, j'étais la seule à ne pas le supporter.

J'étais malheureuse comme les pierres, je me sentais abandonnée. Quand ma mère vantait les beaux cheveux blonds d'Alfredo, je dénouais les miens et me plantais devant elle jusqu'à ce qu'elle déclare que j'avais des cheveux magnifiques. Quand mon père conduisait Francesco, Alfredo et ses frères au terrain de foot de la paroisse, j'exigeais de les accompagner même si ce sport ne m'intéressait pas. J'insistais jusqu'à ce que je l'emporte. Puis je m'ennuyais au bord du terrain, toute seule, en les regardant courir derrière le ballon. Pour m'assurer qu'Alfredo ne prenait pas ma place dans notre famille.

Quand il grimpait sur les genoux de ma mère, j'enrageais.

Ils riaient, se chatouillaient. On aurait dit qu'Alfredo était son fils, et moi une intruse.

Assise dans mon coin, je les foudroyais du regard en attendant qu'elle quitte la pièce. Alors je rappelais à Alfredo que c'était ma mère à moi. Que la sienne était morte. Qu'il ne pouvait pas en exiger une autre. Tout du moins pas la mienne.

Il se rembrunissait. Il croisait les bras et se mettait à bouder.

«Je ne te la vole pas. Je sais très bien que ce n'est pas ma mère. D'ailleurs, je l'appelle Elena, pas maman.

– Il ne manquerait plus que ça!» hurlais-je. Et je lui administrais une série de gifles.

Lorsque ce genre d'épisode se produisait, Alfredo disparaissait pendant plusieurs jours. J'espérais qu'il ne reviendrait plus et resterait dans sa famille merdique. Mais il finissait toujours par réapparaître. Et au lieu de le renvoyer, mes parents se réjouissaient.

J'étais infecte, je m'en rends compte aujourd'hui. Une égoïste finie. Peu m'importait que ce gamin expérimente autre chose que la faim et les coups, qu'il bénéficie d'une famille normale. Dont les membres s'aimaient. Dont les membres l'aimaient.

La mère d'Alfredo était morte cinq ans plus tôt. Le vieux l'avait appris à mon père lors d'un de ses rares moments de lucidité. Elle était morte dans une baraque, près du fleuve, après avoir mis au monde son benjamin. Elle avait accouché par terre, dans la boue, comme les bêtes, et une septicémie l'avait emportée en l'espace de quelques jours.

Tout en pleurnichant, le vieux avait déclaré que ses trois enfants ressemblaient à leur mère. Ils étaient blonds, très blonds, comme elle. Parfois je tentais de me représenter cette mère très belle, morte d'épuisement aux baraques, mais je n'y arrivais pas : seule l'image d'Alfredo me venait à l'esprit.

Le vieux disait qu'ils étaient identiques. Que les enfants lui rappelaient sa femme, que cette ressemblance le tourmentait.

Voilà pourquoi, peut-être, il essayait chaque jour de les tuer.

8

Jusqu'à mes douze ans, j'ai été la plus forte.

J'étais grande, beaucoup plus que les filles de mon âge et bon nombre de garçons. Plus robuste que Francesco et Alfredo, je profitais de ma force pour asseoir mon autorité.

Je ne m'apercevais pas que les choses changeaient.

Du jour au lendemain, Alfredo se mit à grandir comme une plante qu'on arrose. En l'espace de quelques mois, il me rejoignit et me dépassa. Il était toujours filiforme et le resterait. Il avait à peine le temps de porter ses vêtements qu'ils ne lui allaient déjà plus. Il se promenait les chevilles et le nombril à l'air, on aurait dit un épouvantail, ce qui lui était parfaitement indifférent. D'ailleurs, personne ne s'intéressait à notre manière de nous habiller.

Désormais, il ne pouvait plus cacher les marques de coups. On les regardait en silence, et il pensait qu'on ne les voyait pas.

Son dos n'était qu'un réseau de sang coagulé sous sa peau blanche. De lignes rouges pareilles à des stigmates. Les traces évidentes de coups de ceinture.

Car si Alfredo était à présent plus grand et en meilleure santé que son père, il ne se rebellait pas. Il encaissait sans réagir.

Cet immonde alcoolo ne se rendait pas compte que ses fils n'avaient pas le courage de se révolter, mais qu'ils auraient été capables de le tuer. Mieux, cette éventualité ne lui effleurait même pas l'esprit.

Alfredo avait beau garder le silence, je savais que son père devenait au fil des jours de plus en plus violent et irascible. Je priais toutes les nuits pour qu'il meure. Mais il ne mourait pas, et son fils s'incrustait chez nous.

J'étais désormais habituée à le voir vautré sur mon lit. Pourtant, il m'arrivait encore d'être agacée.

J'avais de la poitrine. Des seins minuscules, mais pas au point d'être invisibles. Ma mère avait accueilli ce changement avec un petit sourire, mon père avec inquiétude. Moi, j'aurais aimé en être fière comme toutes les autres filles, mais j'avais honte de mon corps.

J'avais aussi des poils en bas. Quelques-uns seulement, mais qui suffisaient à m'angoisser. Je comprenais ce qui se produisait. Simplement, je ne l'acceptais pas. Je ne voulais pas devenir une femme. J'aurais préféré rester comme Alfredo qui – je le voyais bien puisqu'il se lavait devant moi – était encore imberbe.

Arianna avait plus de poils que moi, et d'une couleur bizarre. Elle prétendait que ça n'avait rien de honteux. Et même que les garçons aimaient ça. Ces poils signifiaient que nous étions grandes.

Moi, je me moquais pas mal d'être grande et de plaire aux garçons.

Je m'enfermais à clef dans la salle de bains pour éviter d'être vue, et je ne répondais pas quand Alfredo me demandait pourquoi. De toute façon, il n'aurait pas compris.

Alors il tendait ses mains vers moi, et je le frappais.

Mais ça aussi, ça avait changé : maintenant il parait mes coups sans effort, m'empêchant de le toucher et de le blesser comme autrefois. Maintenant, de nous deux, c'était lui le plus fort.

C'est un dimanche que j'ai eu mes premières règles.

On était au mois de janvier ou de février – j'ai oublié. Je me rappelle juste qu'il faisait froid et qu'il y avait du brouillard, ce qui est rare chez nous. À notre réveil, ce matin-là, la Forteresse avait disparu derrière un rideau blanc et gris. Pour Alfredo et moi, cette surprise était une fête. On descendit dans la rue pour mieux voir la chape humide qui dissimulait le quartier.

Comme nous, les rares habitants qu'on parvenait à distinguer marchaient d'un pas lent en jetant des regards circulaires et en tâtant les obstacles du bout des doigts. Certains riaient, d'autres s'inquiétaient pour le linge qui ne sécherait pas, d'autres encore se plaignaient de l'humidité.

Alfredo et moi étions inséparables depuis des années, même si on passait nos journées à se disputer, se mordre, se tirer les cheveux. Sauf que mon autorité n'était plus indiscutable depuis qu'il avait atteint les portes de l'adolescence. Il me rendait mes gifles et répondait à mes coups de pied en me tordant le bras dans le dos. Il avait appris à doser ses efforts pour éviter de me faire mal. On se bagarrait comme des chats du matin jusqu'au soir, mais on était toujours ensemble.

Les gens de la Forteresse disaient qu'on était drôles. Originaux. Ils nous appelaient les jumeaux. Nos copains aussi.

Les jumeaux.

C'était à cause de notre façon de bouger. On marchait du même pas traînant, nonchalant. On avait les mêmes expressions, les mêmes habitudes, les mêmes gestes nerveux. Se frotter les paupières avec les annulaires. Se mordre la lèvre supérieure. Se masser le sourcil droit, celui où Alfredo avait une cicatrice. On partageait notre façon de rire, de manger et de dormir, même si ça, dormir, on était les seuls à le savoir.

Les gens se moquaient de nous mais, malgré nos efforts, il nous était impossible de nous différencier. Nous nous étions contaminés.

Mais ce jour-là, notre ressemblance n'était pas très marquée. Je marchais en traînant les pieds à cause d'un mal de ventre incessant qui me coupait le souffle. J'avais beau refuser de l'admettre, je devinais à quoi il était dû.

On parcourut le quartier main dans la main, craignant de nous perdre. On était seuls, égarés. Tout nous paraissait nouveau.

À deux reprises, je me dégageai et courus me cacher pour le seul plaisir d'entendre Alfredo s'énerver et partir à ma recherche.

Il n'y avait aucune visibilité. Sa voix me parvenait aux oreilles un peu rauque, mi-enfantine, mi-adulte. Étouffée par le brouillard.

Je finis par perdre le sens de l'orientation.

« Où est-ce que tu es ?

– Dis-moi plutôt où tu es toi, Bea !

– Je ne sais pas. On n'y voit rien ! » J'ignorais vraiment quelle distance le séparait de moi. Je nageais dans le blanc. L'envie de rire me prit.

« Ne bouge pas, sinon on n'arrivera jamais à se retrouver !

– Tu as peur que je me perde, hein, Alfredo ?

– J'aimerais bien ! Comme ça, je ne t'aurais plus dans les pattes ! » Il rit à son tour.

Il surgit dans mon dos. Je titubai et me heurtai à un tronc d'arbre.

« Quel con !

– Tais-toi ! Tu as compris où on est ? »

Je plissai les paupières et reconnus la cour de la maison abandonnée, à moitié écroulée, qui se dressait à la frontière ouest du quartier. Du lierre et des ronces avaient poussé à l'intérieur, ainsi qu'à travers les fenêtres brisées. Une affiche signalant les risques d'écroulement surmontait un panneau de la mairie en plastique aux inscriptions délavées qui fixait la date de sa démolition au

7 novembre 1966. Le jour même de la naissance d'Alfredo. Cela faisait douze ans que les travaux attendaient.

« On entre ? demanda-t-il.

– Pas question. Il y a des rats. Ils pourraient nous mordre. »

Je ne l'aurais jamais admis tout haut, mais cette maison m'effrayait. Alfredo haussa les épaules en fouillant dans ses poches. Il en tira une cigarette chiffonnée, une des Nazionali que fumait son père, et l'alluma maladroitement.

Bien décidée à l'imiter, je la lui arrachai. J'aspirai à pleins poumons cette fumée nauséabonde avec le brouillard et me mis à tousser. Au même moment j'eus l'impression qu'on me renversait du potage entre les jambes.

Un liquide chaud collait le pantalon de mon survêtement à ma peau. Tâtonnant de la main, je m'aperçus que mes cuisses étaient mouillées. Inutile de regarder, je savais très bien de quoi il s'agissait.

« Alfredo, on s'en va ?

– Attends, on vient juste d'arriver.

– Non, je veux m'en aller tout de suite.

– Qu'est-ce que t'es chiante !

– Va te faire foutre. Moi, je m'en vais. »

Je partis sans me retourner, l'abandonnant dans le brouillard. Furieuse, je lui souhaitai mentalement d'être mordu par un rat ou de se perdre.

Je retrouvai le chemin, que je parcourus en serrant les jambes.

Ma mère était à la maison.

Un seul regard lui suffit pour comprendre. J'allais et venais, incrédule.

Le sang continuait de couler. Je l'imaginais dense, foncé, et ça m'écœurait.

« Qu'y a-t-il, Beatrice ?

– Rien, maman. »

Je m'enfermai dans la salle de bains, ôtai mes vêtements et les cachai au fond du panier à linge.

Je ne voulais pas de ce sang. Je ne l'avais pas demandé, il me dégoûtait.

J'ouvris l'armoire à pharmacie et y dénichai des serviettes hygiéniques. Puis je ressortis. Ma mère m'attendait devant la porte.

«Tu as tes machins?

– Oui, admis-je, honteuse.

– À partir d'aujourd'hui il faut que tu fasses attention», déclara-t-elle avec une grimace éloquente.

Elle se dirigea vers la cuisine puis se retourna, m'offrant le visage de la gamine qu'elle avait été et qui était tombée enceinte de moi à l'âge de seize ans. «Fais attention, en particulier quand tu es avec Alfredo.»

Je ne voyais pas le rapport.

Trois jours durant, je me tournai et retournai dans mon lit, les mains sur le ventre, persuadée d'endurer les pires souffrances de toute l'histoire de l'humanité.

Un matin, Alfredo pénétra dans la chambre et m'annonça que son père était tellement bourré qu'il s'était endormi aux toilettes et qu'il y était depuis des heures. Sans celles de notre appartement, il aurait littéralement pissé sous lui.

Je gardai le silence. Rien de nouveau.

Mais je posai sur lui un regard différent: je n'arrivais pas à oublier les paroles de ma mère.

Alfredo.

D'après Arianna, s'il y avait au monde un garçon qui ignorait à quoi servait une bite, c'était bien lui. Et je la croyais.

Elle disait aussi que c'était dommage parce qu'il était beau. Moi, je ne voyais rien d'attirant dans ses douze ans faits d'os pointus et de cheveux blonds ébouriffés.

Les acteurs de télé étaient beaux.

Les personnages des romans-photos que lisait ma mère étaient beaux.

Certains garçons que nous croisions au bar étaient beaux.

Mais Alfredo, c'était Alfredo.

9

Je savais pourquoi ma mère s'inquiétait : elle ne voulait pas que je connaisse le même sort qu'elle.

Elle avait seize ans quand elle m'avait conçue, et Vittorio, mon futur père, dix-neuf. Il avait été l'un des premiers habitants de la Forteresse. Après la mort de mon grand-père, il avait quitté la Basilicate avec ma grand-mère, âgée et cardiaque, laissant un frère et une sœur aînés déjà parents, et trop misérables pour accueillir dans leurs foyers respectifs deux nouvelles bouches à nourrir.

Ma mère, elle, était une fille de personne.

Abandonnée chez les sœurs à sa naissance, elle avait grandi dans un institut religieux. Une vie pas déplaisante : elle avait un lit, de quoi se nourrir et des camarades. Les religieuses, qui lui avaient appris à lire et à écrire, l'aimaient bien, même si elles avaient la gifle facile, la punissant au moindre soupçon.

Un matin, mon père se présenta à l'institut à la recherche d'un travail. Les sœurs le chargèrent de ramasser les feuilles mortes, moins par besoin que par pitié.

Ce jour-là, ma mère avait cassé une pile d'assiettes. Elle se sauva dans le jardin et, en passant devant ce garçon sombre, lui demanda de prétendre qu'il ne l'avait pas vue si on l'interrogeait. Mon père hocha la tête et la regarda disparaître parmi les haies, espérant qu'on ne la trouverait pas.

Mais les sœurs finirent par la débusquer, accroupie derrière la statue de la Vierge, et mon père vit s'abattre sur elle un aller-retour qui lui projeta la tête des deux côtés.

Sans une larme, ma mère se contenta de promettre : « Je suis désolée, je ne le ferai plus. » Elle prononça ces quelques mots avec une telle fierté que mon père en fut à la fois surpris et admiratif.

Il revint le lendemain.

Et le surlendemain.

Les religieuses l'engagèrent deux jours par semaine pour nettoyer le jardin et effectuer de petites besognes – emporter les ordures, faire quelques courses. La paie n'était pas mauvaise, mais ce n'était pas l'argent qui l'intéressait.

C'était ma mère.

Quelques mois plus tard, elle tomba enceinte.

Il ne fut pas compliqué de tirer des conclusions. Il s'était produit ce qui n'aurait jamais dû se produire, et il fallait éviter qu'il n'y eût un autre enfant de personne, cadeau du Ciel peu appréciable malgré les convictions des sœurs. L'être dont nul ne voulait – pas même ma mère, au début –, c'était moi.

Accusé d'avoir fourré ma mère « dans le pétrin », mon père ne se déroba pas. « Je l'épouserai, dit-il. Je l'aurais fait de toute façon. »

Il en fut ainsi. Ils se marièrent en toute hâte, avant que je ne grossisse trop. Avant que tout le monde se rende compte qu'un enfant avait été conçu dans un institut catholique en dehors du lien sacré du mariage.

Puis il l'emmena à la Forteresse. Du jour au lendemain, il installa dans son foyer cette gamine, une fille de personne, enceinte de surcroît. Une gamine qui était à présent sa femme. La surprise fut telle pour ma grand-mère que son état de santé se détériora. Elle mourut quelques mois plus tard sans avoir le temps de me connaître. Sans voir la tête que j'avais, ni pouvoir déterminer à qui je ressemblais. Moi qui, par une ironie du destin peut-être, étais le portrait craché de son fils.

Voilà ce que ma mère craignait. Elle n'avait jamais regretté d'avoir épousé mon père. Cela faisait des années qu'ils vivaient ensemble et elle affirmait que, enceinte ou non, ils auraient fini tôt ou tard par se marier. Mais elle ne voulait pas de ça pour moi.

Avec les années, je compris aussi son amour pour Alfredo : il lui rappelait la créature qu'elle avait été. Alfredo qui avait perdu sa mère tout petit. Alfredo dont personne n'avait voulu. Alfredo qui, même si je refusais de l'admettre, avait fini par imposer à moi aussi sa présence et cet amour dérangeant.

10

Nous avons été enfants à une époque étrange.

Les années de plomb furent des années pesantes, mais pas pour nous.

Nous avons gaspillé ces années-là assis sur les trottoirs de la Forteresse. Il y avait du neuf depuis un certain temps, quelque chose d'inouï.

La police.

Les yeux écarquillés, on regardait les voitures de patrouille ainsi qu'on aurait regardé des éléphants. Comme les éléphants, on n'en avait jamais vu qu'à la télé.

Elles étaient arrivées du jour au lendemain dans un lieu qui leur était interdit. Car la Forteresse avait toujours constitué un port franc, un *no man's land*, dont les habitants n'avaient pas peur des agents. Ils n'avaient rien à perdre et se fichaient pas mal de la prison : la plupart y avaient déjà séjourné.

On ne craignait pas les flics, on les traitait d'égaux à égaux. Quand ils tiraient, on tirait. Quand ils patrouillaient dans les rues du quartier, bouteilles, assiettes et ordures se mettaient à voler des balcons. Quand ils venaient arrêter quelqu'un, personne ne savait rien, personne n'avait rien vu.

On ne voulait pas d'eux, ils n'étaient pas les bienvenus. Finissant par le comprendre, ils avaient laissé tomber et feint de nous oublier. Ils nous avaient autorisés à nous entre-tuer à condition que ce soit dans le quartier, faute de quoi ils en franchiraient la frontière. On s'était repliés sur nous-mêmes. On était devenus une société à part et, pour nous distinguer, on s'était construit une prison. Ça nous convenait.

Il en avait été ainsi pendant de nombreuses années. Puis, dehors, des bombes avaient explosé, alors les flics étaient revenus nous tourmenter, bien qu'on n'y ait été pour rien.

Désormais, des étrangers se présentaient en pleine nuit. On savait qui ils étaient, mais on n'en parlait pas ouvertement ; mieux, personne n'était censé le savoir. Quand la police survenait, on la laissait entrer. Parfois les agents les débusquaient, mais jamais avec notre aide. On gardait le silence, on s'abstenait de collaborer. Ouvrir nos portes, c'était déjà bien beau.

Pendant ce temps, le bruit s'était répandu en ville que la Forteresse abritait des terroristes.

Alors elle changea. Elle se transforma en garnison, en frontière surveillée. Désormais les sirènes de police retentissaient sans cesse, et on assistait à un va-et-vient perpétuel de voitures de patrouille et d'individus emmenés, le visage dissimulé sous des journaux, parmi les cris et les pleurs.

Mes parents voulaient qu'on se barricade chez nous. Ils prétendaient que le quartier n'était plus sûr : il y avait trop d'étrangers, n'importe qui pouvait entrer, les gens tiraient dans la rue en plein jour, en pleine foule.

C'était le vœu de tous les parents. Mais nous, on arrivait toujours à filer en douce.

On s'asseyait sur les trottoirs pour contempler le remue-ménage. On observait les flics.

On avait beau ne rien comprendre, on les dévisageait avec haine. Je ne sais même pas pourquoi. En réalité, chacun de nous avait au moins un parent déjà passé par la case prison. Dans sa jeunesse, mon père y avait séjourné lui aussi. On avait sucé la haine avec le lait de nos mères. À l'âge des premiers pas, on avait appris que l'État, c'est l'ennemi. Le traître. Et la police, son ours domestiqué. On était incapables d'établir une distinction, on était contaminés.

Nous avons vécu les années de plomb en regardant le monde depuis cet amas d'immeubles blancs, écorchés, blottis sur la colline, au loin, comme une bête dangereuse. Comme le loup qui observe le troupeau en contrebas dans l'intention de le dévorer.

Et la ville, d'en bas, nous regarde, convaincue que rien ne peut pousser ici.

Pendant de nombreuses années, la Forteresse n'avait été qu'un quartier de squatters. C'est au début des années soixante-dix qu'elle acquit son nom. Les étrangers ne pouvaient pas y entrer et, à bien y réfléchir, on ne pouvait pas en sortir.

On était des individus peu recommandables, que personne n'acceptait d'embaucher, les rebuts de la société. Tous les désespérés avaient afflué ici, donné vie au quartier et mis au monde des enfants à l'avenir encore plus sombre.

C'est la faute au délabrement, disait-on en ville.

La faute aux bénéficiaires de logements sociaux qui, privés de ces derniers, avaient squatté dans les années soixante-dix un ensemble immobilier dénommé la «Colline des Saules» dont les appartements tout neufs devaient être attribués avant la fin de l'année. C'était alors qu'étaient arrivés les autres, Siciliens, Calabrais, chômeurs, nomades, exigeant un toit qu'on leur refusait. Ils s'étaient présentés avec leurs misérables haillons, leur odeur de transpiration, leur quatre ou cinq enfants qu'ils n'avaient pas les moyens d'entretenir et qu'ils laissaient grandir, abandonnés à eux-mêmes, parmi les mobylettes éventrées, les matelas pourris, les seringues des drogués, incapables de lire et d'écrire, privés de soins, de vaccins, de tout.

On était ainsi. Rétrogradés à l'état de nature, à la sélection rigoureuse et cruelle. Le plus fort dévorait le plus faible, et ça nous paraissait naturel. Ça l'était peut-être.

Je suis née ici. Je n'ai pas connu d'autre endroit, je n'ai jamais été nulle part ailleurs. Mon père a été l'un des premiers squatters. À l'époque, il était jeune, enragé. Ici on agit vite, on enfante vite, on grandit vite et on meurt vite.

Je suis née ici et cet endroit ne m'effraie pas, j'y suis chez moi, je m'y sens en sécurité.

Oui, je ne serais jamais davantage en sécurité que dans ce quartier de voleurs et de dealers, de drogués et de criminels, dans cet endroit aux recoins sales et aux entrées puant la pisse, aux réverbères cassés et aux rues qui se noient dans le noir, aux frontières surveillées afin que personne ne vienne fourrer le nez chez nous, ne vienne nous épier.

Je suis habituée. Je me promène la nuit dans des rues que personne n'aurait le courage de parcourir et j'emprunte, la tête haute, les couloirs des sentinelles qui délimitent le quartier. Je ne les vois pas car elles contrôlent nos frontières, cachées dans l'obscurité, je ne les vois pas mais je sais qu'elles sont là, je sens leurs regards sur ma nuque et j'entends le déclic du chien qui s'abaisse, mais je continue de marcher dans le noir, en silence, du pas des bêtes qui laissent derrière elles un sillage d'angoisse, aussi personne ne m'a jamais tiré dessus. Je traverse en courant l'avenue des courses clandestines, j'écoute les voix lointaines des parieurs, le grondement des moteurs qui attendent sur la ligne de départ le signal d'un starter improvisé et, quand la détonation a retenti, je me jette en avant sans un regard pour les phares qui se rapprochent à une vitesse folle, je pourrais me tromper dans mes calculs, je pourrais être heurtée, projetée en l'air comme une cannette vide et retomber après un vol de quelques mètres pour atterrir sur le dos et glisser, perdre connaissance, mourir.

On connaît tous les risques de cet endroit. Mais certains n'en ont jamais tenu compte, ils se sont trompés dans leurs calculs, ou s'en sont fichus.

Parmi eux se trouvait le dernier auquel on se serait attendu. Alfredo.

Les années de plomb ont été des années bizarres. Pour nous aussi.

Les fourgons emmenaient les gens, et je pensais qu'un de ces jours ils viendraient peut-être emmener l'un de nous. Ce n'était qu'une question de temps.

Je regardais Alfredo tirer sur sa cigarette à mes côtés et me demandais qui, de nous deux, serait le premier. Peut-être moi. J'étais plus courageuse que lui.

Un jour, un flic s'approcha et s'immobilisa devant nous. Alfredo fuma sa cigarette jusqu'au filtre, puis la jeta au loin sans cesser de le fixer. Au bout d'un moment, l'homme à l'uniforme interrogea :

« Quel âge as-tu ?

– Douze ans.

– Tu ne trouves pas que c'est un peu tôt pour commencer à fumer ?

– Et toi, tu ne trouves pas que c'est un peu tôt pour commencer à nous casser les couilles ? »

Je plaquai la main sur ma bouche et ricanai en silence. Alors le flic se tourna vers moi.

« Et toi, la petite demoiselle ? Où sont tes parents ?

– Vous venez juste de les emmener », lançai-je par défi.

Perplexe, il finit par lâcher : « Quand on fait une erreur, on paie. J'ai l'impression qu'on ne vous ne l'a pas appris. »

Alfredo pencha la tête et lui cracha sur les chaussures, avant de lui sourire.

« Sale petit con. Attends encore quelques années et on reviendra t'alpaguer, tu verras. De toute façon, c'est le sort qui vous attend, vous autres bêtes.» La gifle qu'il mourait d'envie de nous flanquer semblait lui brûler la main, mais il était impuissant.

Alfredo se redressa. Plongeant les yeux dans les siens, il rétorqua :

«Viens donc. Si tu crois que je vais m'éterniser...»

L'homme regagna son fourgon, se frayant un chemin parmi la foule qui s'était rassemblée. Peu après, quatre de ses semblables sortirent de l'immeuble d'en face, deux d'entre eux tenant par les aisselles une femme en pleurs.

« Regarde-les donc, Bea. Ils se sont mis à quatre pour embarquer une gonzesse.»

Je ne répondis pas. Je ne me tournai même pas vers lui : j'étais trop concentrée sur cette femme.

Alors il prit mon visage entre ses mains et l'attira vers lui. Ses yeux verts étaient sérieux. Et pleins de fierté.

«Je ne laisserai jamais ces salopards m'emmener», déclara-t-il.

J'ignorais à quel point ce qu'il disait était vrai.

Ils ne l'attraperaient jamais.

I I

Vinrent les années quatre-vingt.

On entra tête baissée dans l'adolescence, comme si on voulait enfoncer un mur, sortir de là au plus vite. Cette période avait à peine commencé qu'on souhaitait déjà la laisser derrière nous.

Alfredo continuait de grandir : à quinze ans, il dépassait tous les garçons de son âge, dont il était par ailleurs complètement différent, à croire qu'on l'avait placé par erreur parmi eux. Il était trop grand, trop pâle, trop blond pour sembler un des nôtres. Il n'avait même pas l'air italien. Il ne peignait guère ses cheveux longs qui, l'été, éclaircissaient au point de paraître oxygénés. Si ce n'avait été sa taille, de dos on aurait pu le prendre pour une fille.

Toutes, à la Forteresse, le trouvaient beau et le comparaient à un acteur de romans-photos, ou carrément de télévision. Mes copines Silvia, Michela et Cristina aussi chuchotaient, échangeaient coups d'œil et petits rires odieux quand il était dans les parages. Je n'étais pas de leur avis, je ne supportais pas qu'elles lui lancent des regards d'adoration et lui tournent autour en permanence. Mais il ne s'en rendait pas compte, il se contentait de blaguer bêtement avec les autres garçons. Seuls l'intéressaient le foot, les commentaires sportifs au bar et les joints. Nous passions nos journées à fumer de l'herbe, cachés dans les débarras pour échapper aux regards de ma mère, et nous en ressurgissions complètement défoncés. On se tournait les pouces du matin jusqu'au soir.

Pourtant j'avais essayé. À la fin de mon année de quatrième, lorsque ma mère m'avait proposé de continuer mes études, j'avais ricané. Elle avait haussé les épaules. Au fond, elle n'y croyait pas. La quatrième suffisait largement pour trouver un emploi.

Je n'étais pas ambitieuse. J'aurais aimé être vendeuse dans une boutique de vêtements ou dans une parfumerie, ou encore coiffeuse. En réalité, n'importe quel métier m'aurait convenu. Mes parents ne m'encourageaient pas, ils espéraient que je me raviserais et que je ferais des études sinon classiques, comme le souhaitait ma mère, du moins techniques.

Pour ma part, je voulais juste avoir un boulot et gagner de l'argent. Je l'aurais dépensé pour acheter des vêtements au marché, des clopes et de la bière lors de mes sorties, de l'herbe pour Alfredo et moi.

J'étais donc allée chercher du travail dans tous les magasins de la ville. En vain : on me jetait un coup d'œil et on se débarrassait de moi comme si je portais, écrit sur le front, l'endroit d'où je provenais.

J'avais parcouru des kilomètres pour le même résultat : pendant que j'examinais les articles exposés, on me dévisageait d'un air soupçonneux, dans la crainte que je ne les vole. Et quand je formulais ma demande, on m'interrogeait sur mon adresse. Une fois que j'avais répondu, la conversation tournait court.

Certains commerçants me priaient de partir, d'autres menaçaient d'appeler la police. Les plus gentils notaient mon numéro de téléphone en disant qu'ils me contacteraient en cas de besoin. Ce qui ne se produisit pas une seule fois.

Mais j'avais essayé. Je m'étais appliquée, j'avais même persévéré jusqu'à la fin de la troisième. Alfredo, lui, s'était contenté de la sixième. Peu lui importait de lire avec difficulté et d'écrire comme un enfant de sept ans, alors qu'il en avait quinze : il n'avait pas à se mettre en valeur devant qui que ce soit. Les gens n'avaient pas besoin de savoir que vous étiez mauvais en lecture.

Il avait donc passé les quatre années précédentes à traîner dans la Forteresse, venant parfois m'attendre devant le collège. Il jurait de chercher un boulot dès le lendemain, mais ce jour-là ne se présentait jamais : il haussait les épaules et prétendait qu'on n'était pas nés au bon endroit. Notre lieu de naissance nous collait à la peau et nous empêcherait de trouver un emploi, du moins dans notre ville.

Parfois, nous envisagions de quitter la Forteresse. C'était notre seul sujet de conversation, avec le moyen de réunir de l'argent pour nous acheter de quoi fumer.

Tantôt j'en volais à ma mère, tantôt nous en réclamions au frère aîné d'Alfredo.

Massimiliano avait dix-huit ans. À force d'obstination, il avait été embauché en tant que gardien de nuit sur un chantier. Il partait travailler au couchant et rentrait le matin de bonne heure. Cela le satisfaisait : il regardait la télévision dans une guérite et sortait jeter un coup d'œil chaque fois qu'il entendait du bruit. Il n'avait pas peur des voleurs : il les connaissait tous. Il ne se plaignait pas. Quand on vient d'une famille de merde et qu'on est l'aîné, déclarait-il, il est inutile de pleurer sur son sort : mieux vaut se retrousser les manches.

Massimiliano était toujours d'humeur égale, il parlait tout bas et trimait comme un âne. Ressemblance physique exceptée, il n'avait rien de commun avec son frère, un fainéant qui passait son temps vautré sur les bancs défoncés de la Forteresse. Il rapportait un salaire qui nourrissait toute sa famille. Car si le vieux touchait une pension d'invalidité, il la dépensait en boisson du premier au dernier centime.

Seule note positive dans cette symphonie désaccordée :

Massimiliano était désormais épargné. Il restait assez d'intelligence au vieux pour comprendre que tabasser la seule source de gains de la famille n'arrangerait pas ses affaires. Il se contentait donc de l'apostropher et de l'insulter, se défoulant sur Alfredo et sur Andrea quand l'envie de frapper lui prenait.

Moi, je le détestais. C'était un alcoolique, on le savait tous, bien qu'on fît comme si de rien n'était. Quand Alfredo l'apercevait, endormi dans un coin dégoûtant, il se tournait de l'autre côté.

Il prétendait qu'il s'en contrefichait, mais il était humilié : c'était son père, il en avait terriblement honte.

Alfredo supportait tout. Il tentait de dissimuler ses bleus et ses entailles sous des tee-shirts à manches longues. Parfois, il avait de la peine à marcher, à se pencher et même à respirer. Il racontait alors qu'il était tombé dans l'escalier, et tout le monde feignait de le croire.

Mais si les autres ne pouvaient qu'imaginer ce qui se passait chez lui, je savais ce qu'il en était vraiment. Depuis l'enfance, j'entendais tout à travers les cloisons minces de l'immeuble. Éternellement la même rengaine. Alfredo me disait de ne pas m'en mêler, que ce n'étaient pas mes affaires, qu'il était capable de se débrouiller. Moi j'enrageais, je criais, je boudais, avant de me résigner : malgré tout, il aimait son père, il fallait bien que je l'accepte. Et il ne lui nuirait jamais.

Qu'on puisse éprouver de l'amour pour un individu qui constituait une source de souffrance était, à mes yeux, un mystère. Pas une fois je n'ai vu Alfredo se révolter contre le vieux, contrairement à moi qui lui ai assené des coups de pied en profitant du fait qu'il était trop bourré pour bouger et me reconnaître. J'espérais qu'il mourrait, j'espérais le tuer.

Un jour, j'y parvins presque.

On n'entendait que cris et bruits sourds provenir de l'étage supérieur. Le vieux était saoul, mais pas au point de s'effondrer quelque part et de nous laisser en paix. Il hurlait comme un possédé, interpellait sa femme morte. Pendant les pauses, Alfredo lui répondait patiemment, en rien effrayé. Moi non plus, je n'étais pas inquiète : il était désormais beaucoup plus fort que son père. S'il l'avait voulu, il n'aurait eu aucun mal à le projeter par la fenêtre et à s'en débarrasser pour de bon.

J'étais seule à la maison. Mes parents étaient partis chez le médecin avec Francesco qui traînait une mauvaise fièvre. Pour me rendre utile durant leur absence, j'époussetais les meubles et lavais le sol en écoutant d'une oreille distraite les bruits venant du dessus.

Le crépitement des chaussures à semelle de bois, le raclement d'une chaise, la chute brutale d'un objet sur le sol. Le marmonnement odieux du vieux et le rire un peu moqueur d'Alfredo. Bref, rien d'anormal.

Soudain, tout se précipita.

On entendait maintenant des coups de talons nus et de longues enjambées en direction de la sortie. Je bondis vers la porte de notre appartement et l'ouvris juste à temps pour éviter qu'Alfredo ne s'y heurte.

« Il a un couteau, il veut me tuer ! Pousse-toi ! » Il me projeta contre le mur de l'entrée et referma la porte en toute hâte. De l'autre côté, quelque chose s'écrasa lourdement contre elle.

Blanc comme un linge, Alfredo écarta les cheveux de son front et s'agrippa à un bahut qu'il tenta de déplacer. « Qu'est-ce que tu fous ? Si tu restes plantée là, il entrera et nous tuera tous les deux. »

J'obtempérai sur-le-champ. De toutes mes forces, je l'aidai à créer une barricade entre nous et ce fou qui braillait tout en assenant coups de pied et coups de couteau à la porte, au point de la faire trembler.

Il apostrophait Alfredo, l'insultait, le menaçait. Je craignais le pire : les gonds de la porte me semblaient fragiles et le vieux avait l'air particulièrement en forme ce jour-là.

On s'accroupit par terre, dos à la barricade. Alfredo tira un paquet de cigarettes de la poche de son jean. Il en alluma deux et m'en tendit une.

Toujours aussi blême, il rejetait nerveusement ses cheveux en arrière.

Soudain coups et cris cessèrent. Le vieux arpentait le palier en mâchonnant insultes et menaces.

« Il t'a frappé ? » demandai-je, furibonde, à Alfredo comme chaque fois qu'il encaissait des coups sans réagir.

Il secoua la tête. « Pas aujourd'hui. Mais il a essayé de me poignarder, ce fumier. »

Son avant-bras droit, qu'il utilisait pour se protéger le visage, était couvert de bleus et de croûtes. Je remarquai une plaie récente qui saignait encore. Une entaille superficielle.

« Il va finir par te tuer.

– Il n'y arrivera jamais. Tu as vu dans quel état il est ?

– Si je ne t'avais pas ouvert à temps, il t'aurait cloué sur la porte. »

Il haussa les épaules, incrédule. « Tu te trompes. Il n'y serait pas arrivé.

– C'est ignoble. Ton père mériterait de crever.

– Tu es méchante, Bea.

– Je ne suis pas méchante, je suis sincère. »

Il se borna à se rapprocher et posa la tête sur mon épaule. Un peu de sang coula sur mon tee-shirt.

« Comment peux-tu supporter ça ?

– Je te supporte bien, toi. Pourquoi pas lui ?

– Mais je ne suis pas comme ton père.

– Non, tu es pire que lui. Tu es méchante, alors qu'il est simplement bourré. »

Il n'y avait plus de bruit sur le palier. J'imaginai que le vieux nous attendait, à l'affût derrière la porte. Mais je le surévaluais : il n'était pas aussi patient. C'était juste un pauvre type qui avait déjà oublié sa tentative de tuer son fils. Il dormait, les bras en croix, au bord de l'escalier, comme on le découvrit un peu plus tard.

Je m'approchai et ramassai son arme, un couteau de cuisine dont la lame, pointue et aiguisée, était souillée de sang.

« Regarde. Avec ça, il aurait pu te tuer.

– Je te le répète encore une fois, tête de mule : il n'en a pas la force.

– Dans ce cas, pourquoi tu t'es sauvé ? Tu sais, je ne serai pas toujours là, prête à ouvrir. Si ça se trouve, vous finirez crucifiés contre ma porte, tes frères et toi.

– Putain, arrête un peu, Bea ! »

Je détournai les yeux. Alfredo savait aussi bien que moi que son père aurait pu le tuer, mais il minimisait tout, refusant de me donner raison. Cela me rendait folle. Je fus saisie par l'envie de le pousser dans l'escalier.

C'est alors qu'une idée me traversa l'esprit.

« Vas-y. Il suffit d'un rien pour lui faire dévaler les marches.

– T'es folle, ou quoi ? répliqua-t-il en fixant sur moi des yeux écarquillés dans lesquels on lisait un mélange d'horreur, de dégoût et de peur.

– Il n'y a personne. On croira qu'il s'est tué tout seul.

– Tu me proposes d'assassiner mon père, c'est ça ?

– Lui, il voulait bien le faire, non ? Vous êtes à égalité ! »

Alfredo secoua la tête et s'éloigna. « T'es malade !

– Si tu n'en as pas le courage, je m'en charge. Je le ferai pour toi. »

Je me penchai vers le vieux, qui continuait de dormir, le saisis par la chemise puis me tournai vers Alfredo, à la recherche de son approbation.

En vain : il m'attrapa avec fureur et me projeta contre le mur. Ma tête heurta la paroi et je sentis mes dents s'entrechoquer.

« Ne dis plus jamais ça ! Que je ne t'entende plus jamais sortir une telle connerie ! C'est bien clair ?

— Tu ne comprends donc pas que je dis ça pour toi ? J'en ai marre de voir tes bleus ! Ils me font mal, oui, ils me font mal à moi aussi ! Si tu te débarrasses de lui, tout s'arrangera !

— C'est mon père, Bea. Tu n'as rien à voir avec ça, mêle-toi de ce qui te regarde. »

Il me lâcha et recula, sans cesser de me dévisager d'un air haineux. Je m'en moquais : je préférais sa haine au spectacle de ces scènes, je ne les supportais plus.

Il fallait que je brise le silence :

« Tu sais que je tiens à toi.

— Tu as une drôle de façon de le montrer. »

Il se retourna et s'agenouilla auprès de son père, qu'il réveilla gentiment et aida à se relever. La voix pâteuse, le vieux marmonnait en se serrant contre Alfredo de crainte de tomber : il avait tout oublié.

« Rentre chez toi, espèce de conne, tu risques d'attraper froid », me lança Alfredo sans un regard. Puis il disparut dans l'escalier, chargé de ce fardeau inutile.

Je regagnai l'appartement, où je dus recourir à tout mon amour-propre pour ravaler des larmes de rage.

J'avais seize ans et je n'arrivais pas à comprendre Alfredo. Je ne comprenais pas non plus le chagrin que je lui causais. Il avait beau être malheureux, souffrir comme une bête, il continuait de pardonner, de pardonner à tout le monde. Les êtres qu'il aimait le plus – son père et moi – étaient aussi ceux qui le faisaient le plus souffrir. Mais je voulais qu'il soit entièrement à moi. Je pensais que son amour était un dû. J'avais pris sa défense, je l'avais supporté. Nous dormions dans le même lit et nous nous réveillions ensemble depuis des années, nous partagions tout. Son père ne lui avait jamais rien donné de semblable. J'étais la seule à mériter son amour.

Car si Alfredo avait beaucoup de défauts, il possédait aussi une qualité : il savait aimer sans condition. Mais nos caractères étaient différents. J'étais le vrai pilier de notre amitié. Lui, il m'aimait à la manière des chiens, avec la même confiance absurde, avec le même élan aveugle.

Moi, j'étais habité par la haine.

Sa faiblesse, son je-m'en-foutisme, sa paresse, sa résignation face au monde qui l'avait produit m'insupportaient. Les filles qui lui plaisaient, nos copains quand ils tentaient de le détourner de moi, tout ce qui risquait de me l'enlever m'insupportait. Le vieux plus que tout. Je pensais que les éléments se liguaient pour nous éloigner et, Alfredo n'ayant aucune volonté, je lui imposais la mienne. Je n'avais pas compris qu'il cherchait autre chose, qu'il voulait me fuir. Et se fuir lui aussi.

Quand il rentra, le soir, j'étais déjà couchée. Je me tournais et me retournais entre les draps, enviant mon frère qui dormait paisiblement à côté de moi.

Il frappa à la porte de l'appartement et dit à mon père que le vieux était de nouveau saoul. Je les entendis parloter dans l'entrée. Quelques minutes plus tard, son ombre pénétra dans la chambre.

« Bea ? »

Je fis semblant de dormir, il soupira avant de s'allonger. Depuis quelque temps, sa proximité me donnait l'impression d'être lourde, comme si j'avais avalé une pierre, ainsi que l'envie de fumer. Il était le seul à susciter en moi cette sensation désagréable, assortie de fourmillements sur la langue et de brûlures au ventre.

«Ton vieux est encore bourré ?

— Je pensais que tu dormais.

— Je faisais semblant. Alors ?

— Non. Il dort. »

Je me retournai. « Dans ce cas, pourquoi tu es là ? »

Il m'étreignit, geste rare de sa part, ce qui aggrava mon état : soudain, j'avais les jambes en coton.

«Retourne-toi, bordel, dit-il.

— Je suis bien ainsi.

— Arrête de faire la conne. Retourne-toi. »

Et parce que Francesco, dérangé, grogna dans son sommeil, je lui obéis. «Qu'est-ce que tu viens foutre ? Tu pouvais rester chez toi. »

J'étais incapable de ne pas le rudoyer. Je savais que j'avais tort. Je lui avais proposé de tuer un pauvre type qui était malgré tout son père. Je me sentais bête. Et méchante. Selon ses propres termes.

«Je ne sais pas. J'avais envie d'être ici. »

Ses mains glacées me frôlèrent la bouche et les cheveux. Je frissonnai.

«Excuse-moi… Je regrette pour tout à l'heure», murmurai-je, le souffle court. Je voulais qu'il s'écarte, qu'il arrête de se serrer contre moi. Nous n'étions plus des enfants. Il n'était pas en train de me consoler après un cauchemar. Il y avait entre nous un courant souterrain et secret. Son corps collé au mien. Moi qui étouffais presque. Sa voix hésitante.

«Je suis désolé de t'avoir projetée contre le mur. Je ne voulais pas te faire mal. Mais tu dis parfois des trucs qui me rendent dingue. Promets-moi d'arrêter.

— Ça suffit, Alfredo. N'en parlons plus. »

Non sans hésiter, je lui rendis son étreinte en fourrant le visage dans le creux de son épaule. Il me caressa tout doucement le dos.

Au même moment, Francesco toussa dans son sommeil.

Mon frère Francesco, qui me ressemblait tant.

Et voilà que mon autre frère, mon frère blond, avait les mains sous mon tee-shirt.

On était jumeaux. On ne pouvait pas, on ne devait même pas y songer. Je me raidis.

Alfredo desserra alors son étreinte, posa un baiser sur mon front et me dit de dormir.

Mais j'en fus incapable.

12

Arianna avait des ennuis. Elle n'était pas bien. Chaque fois que je sonnais à l'interphone de son immeuble pour lui proposer de me rejoindre, elle répondait ne pas pouvoir. Elle prétendait avoir mal au ventre ou à la tête, ou encore une entorse, de la fièvre. Elle m'interdisait même de monter chez elle et passait toute la journée en compagnie de sa grand-mère. Je savais que c'étaient des excuses, mais je ne comprenais pas ce qu'elles cachaient.

Je voyais les autres filles de la Forteresse, Cristina, Silvia et Michela. Je les aimais bien : on avait fréquenté les mêmes classes de primaire – et du collège pour ce qui était de Silvia –, on se connaissait depuis toujours. Mais ce n'était pas pareil : Arianna était ma meilleure copine. Ensemble, on s'amusait et riait sans arrêt. On parlait d'un tas de choses, on se bombardait de questions. Elle savait que les garçons ne m'intéressaient pas, que j'étais encore vierge, que je me fichais de draguer ou de baiser et, contrairement aux autres, ne se moquait pas de moi : si ça m'allait, disait-elle, ça lui allait aussi. Elle, elle aimait tous ces trucs-là, et elle les faisait avec plusieurs garçons.

Mais ça aussi, elle avait arrêté depuis quelques semaines. Les longues et chaudes journées de début juin étaient arrivées, et voilà qu'elle restait barricadée chez elle.

Nos copains me conseillaient de ne pas insister : d'après eux, elle se donnait des airs, ça lui passerait. Moi, j'étais persuadée qu'elle avait des ennuis.

Un jour où je sonnais à son interphone pour la énième fois, elle refusa de descendre sous prétexte d'une allergie au pollen. Étant donné que ce n'était pas la saison et qu'elle n'avait jamais eu d'allergie, je répliquai que je n'en croyais rien et que je comptais bien monter. Sans attendre sa réponse, je pénétrai dans le hall.

Au deuxième étage, je trouvai la porte entrebâillée. J'entrai sans y être invitée et partis à la recherche d'Arianna. Ce ne fut pas long : l'appartement était petit.

Je la débusquai aux toilettes, assise sur la cuvette, la culotte aux chevilles, les coudes pointés sur les genoux. Les yeux cernés de noir.

« C'est donc ça, le secret qui t'empêchait de sortir ? Tu as la chiasse ? Tu aurais pu me le dire tout de suite.

— Non, c'est pas ça. » Elle écarta les jambes et me montra l'eau propre de la cuvette.

« Alors, qu'est-ce que tu fous là ? Viens, sortons.

— Bea… j'ai du retard.

— Du retard sur quoi ?

— Mes règles. Je n'ai pas mes règles. Je passe mon temps ici à attendre qu'elles arrivent. Depuis quinze jours. Toujours rien. Je suis enceinte, Bea.

— Oh, merde, merde ! Tu es sûre ? Pourquoi tu n'as rien dit ? Qui est le père ? Tu veux le garder ? »

Je la secouai et l'obligeai à se lever. On se fit face, droit dans les yeux, moi toute habillée, elle la culotte aux chevilles.

« Je ne sais pas quoi faire, Bea. Je ne sais pas. Je ne sais qu'une seule chose : je n'en veux pas. J'ai seize ans. À seize ans, on n'est pas capable de garder un bébé. »

Je préférai ne pas objecter qu'à cet âge-là ma mère s'était mariée et m'avait mise au monde.

«Ari, qui est le père? Tu vas me le dire?

– Je ne sais pas. C'est aussi pour ça que je veux m'en débarrasser.

– Tu dois quand même avoir ta petite idée.

– Je ne sais pas, voilà tout. Ne me pose plus la question», conclut-elle avec une brusquerie inhabituelle. Ses cheveux frisés et roux lui retombaient sur le visage, encadrant ses yeux sombres, apeurés. «Il faut que tu m'aides. Tu es la seule à pouvoir le faire.

– D'accord. Ne t'inquiète pas, Ari.»

Mais j'ignorais totalement comment la sortir de ce pétrin. Je lui proposai de l'accompagner à l'hôpital. Elle refusa tout net:

«Ces gens-là vous laminent. Si une fille a envie d'avorter, ils pensent que c'est une salope.

– Personne ne le pensera, Ari, sois courageuse.

– De toute façon, je suis mineure. Les mineures ont besoin de l'accord des parents. Et puis je serais obligée d'y rester plusieurs jours. Qu'est-ce que je raconterais à ma grand-mère?

– Tu n'auras qu'à lui dire que tu viens dormir chez moi. Et moi, je dirai à ma mère que je dors chez toi. Je te tiendrai compagnie.

– Non, Bea, ce n'est pas possible. Mieux vaut se débrouiller autrement.»

Arianna avait décidé de recourir à une avorteuse, une vieille mégère sicilienne qui vivait à la frontière de la Forteresse. Elle s'y était installée, semblait-il, bien avant qu'on vienne squatter le quartier, et même bien avant qu'on construise les immeubles blancs de la Colline des Saules. Elle habitait une masure au toit de tuiles rouges et au maigre jardin entouré de tôles. Certains racontaient qu'elle y vivait depuis toujours.

On y alla un matin de bonne heure. J'annonçai à ma mère que j'accompagnais Arianna au marché, mensonge qu'Arianna servit aussi à sa grand-mère.

On quitta la Forteresse mais, au lieu de descendre vers la ville, on se dirigea vers la campagne, à gauche.

La maison de l'avorteuse se dressait sur une étendue de terre battue, au milieu d'un champ aux allures de décharge. Des restes de vieux appareils électroménagers, des matelas éventrés et des carcasses de mobylettes gisaient dans l'herbe flétrie. Il fallut les enjamber pour nous approcher. À chaque pas, la détermination d'Arianna faiblissait.

« Tu n'es pas obligée si tu n'es pas convaincue. On peut attendre encore quelques jours.

– Non, Bea, je veux le faire. J'ai juste un peu peur. Mais je veux le faire, il me tarde que tout redevienne comme avant. »

Maintenant on avait atteint la maison. Une véranda de bois vermoulu et un rideau de perles nous séparaient de l'entrée. La porte était ouverte. À l'intérieur, la pénombre régnait.

« Y a quelqu'un ? »

Au même moment, on entendit des bruits provenant du jardin cerné de tôles, à l'arrière. Je pris Arianna par la main et l'entraînai.

L'avorteuse se trouvait dans son potager. Penchée, les jambes écartées, elle examinait une jeune pousse.

Elle avait les cheveux blancs et une robe à fleurs couverte de terre. Malgré la chaleur, elle portait des bas épais et des chaussettes blanches roulées à la cheville, ainsi que des savates qui avaient connu des jours meilleurs. Comme une clocharde.

Quand on se fut immobilisées à quelques pas, elle nous dévisagea l'une après l'autre sans changer d'expression.

« Qu'est-ce que vous voulez ?

– On vient de la Forteresse, répondis-je. Il faut que tu nous donnes un coup de main.

– Faites le tour. »

On regagna l'entrée. La femme sortit du potager, les mains sur les hanches.

« On a un problème à régler », repris-je. Arianna étouffa un gémissement.

« Toutes les deux ? » Elle avait compris.

« Non, juste elle. »

Elle se tourna vers Arianna qui, avec ses mains jointes dans le dos et ses pieds alignés, avait l'air d'une écolière timide.

« Quel âge tu as ?

– Seize ans.

– Tu en es à combien ?

– Je ne sais pas. Un mois, un mois et demi.

– Tu es sûre ? Moins de trois mois ?

– Oui, oui, j'en suis sûre.

– Tu as de quoi payer ? »

Arianna tira de la poche de son jean des billets froissés, qu'elle tendit.

Mais l'avorteuse se contenta de lancer : « Viens à l'intérieur, on va voir ça », avant d'ajouter à mon adresse : « Toi, tu restes là. »

Je haussai les épaules. Ça ne me dérangeait pas. Bien au contraire.

Je m'assis sur la première marche de la véranda en veillant à ne pas salir mon pantalon et j'allumai une cigarette. Puis je contemplai les corneilles qui cherchaient de la nourriture parmi les restes.

Pas un bruit ne provenait de l'intérieur.

Peu après – bien plus tôt que je ne m'y attendais –, j'entendis bruisser le rideau de perles et Arianna ressurgit. Elle paraissait dans son état normal, en bonne santé. Elle tenait une bouteille de Coca remplie d'un liquide bizarre.

« C'est déjà terminé ?

– Tu parles ! Il faut que je fasse ça à la maison.

– C'est quoi, ce truc ? »

Elle me répondit d'un signe et m'entraîna un peu plus loin : elle ne voulait pas que la vieille nous entende.

« Une potion qu'elle a fabriquée avec des herbes. D'après elle, c'est naturel, ça me rendra un peu malade, mais ça marche. Elle m'a examinée, Bea, comme un médecin.

– Qu'est-ce qu'elle a fait ?

– Elle m'a dit d'enlever ma culotte. Elle m'a mis les doigts à l'intérieur, puis elle m'a enfoncé un instrument qui ressemblait à une cuiller… ça m'a fait mal. Je l'ai sentie tirer, fourrager… Elle faisait des trucs bizarres. Elle dit qu'il est inutile de le retirer car il est tout petit. Qu'avec cette potion il s'en ira tout seul ce soir.

– Tu as confiance ? » Je frissonnai en revoyant cette vieille femme aux allures de sorcière.

Arianna haussa les épaules. « Je n'ai pas le choix. Et puis, elle fait ça depuis des années. Elle a appris avec sa mère, elle était encore plus jeune que nous quand elle a pratiqué son premier avortement. Oui, j'ai confiance, Bea. D'autant plus que je lui ai donné vingt-cinq mille lires, à cette vieille conne. »

C'était une somme énorme et je me demandai comment Arianna l'avait réunie en aussi peu de temps. Elle l'avait peut-être volée à sa grand-mère, à moins qu'elle ne se soit prostituée. Curieusement, je m'en semblait capable. Je savais qu'elle me dirait la vérité si je l'interrogeais. Je ne le fis donc pas. Je glissai un bras autour de ses épaules et l'entraînai vers notre quartier.

Avant de pénétrer dans la Forteresse, Arianna but le contenu de la bouteille, selon les instructions de l'avorteuse. À chaque gorgée, son expression de dégoût s'accentuait.

« Putain, c'est dégueulasse, lâchait-elle en reprenant son souffle. Vraiment infect.

– Qu'est-ce que tu croyais, princesse ? Que ça aurait le goût du jus d'orange ?

– Va te faire foutre », eut-elle la force de répliquer entre deux haut-le-cœur.

Une fois la bouteille vidée, on attendit un moment, assises sur un banc. Par chance, la rue était déserte. Arianna était blême, mais elle avait l'air mieux.

Je la raccompagnai chez elle. Elle se déshabilla et se coucha.

Les contractions commencèrent une heure après.

L'avorteuse l'avait avertie : elle se contorsionnerait comme une possédée pendant toute la journée puis se viderait le soir.

C'était évident, elle souffrait, même si elle ne se plaignait pas. Recroquevillée, les mains sur le ventre, elle retenait son souffle à chaque élancement, plantait les ongles dans sa peau et se mordait la lèvre inférieure. La douleur disparaissait durant quelques minutes, ce qui lui permettait de respirer.

Je restai auprès d'elle. Je ne savais que faire, j'espérais juste que sa grand-mère ne rentrerait pas trop tôt. Elle était allée travailler en ville et devait ensuite rendre visite à sa sœur. Ça nous laissait un peu de temps.

En cas de retour intempestif, j'étais censée lui dire qu'Arianna avait mangé une saloperie au marché et qu'elle avait mal au ventre. Il fallait l'empêcher à tout prix de la conduire à l'hôpital. J'espérais donc qu'elle serait retenue en ville, raterait son bus, ou serait retardée par un imprévu. Moi-même, j'aurais emmené Arianna à l'hôpital, en la voyant se tordre sur le lit, le front moite et l'écume à la bouche.

Au fil des heures, les contractions se rapprochèrent. Arianna roulait sur elle-même, enfonçant la tête dans l'oreiller pour éviter de hurler. J'avais peur qu'elle ne meure avec son truc dans le ventre.

Mais elle ne mourut pas.

Vers sept heures du soir, alors que je venais de lui humecter le visage et la bouche avec une serviette éponge, elle déclara qu'elle avait envie de faire pipi.

Jusqu'alors elle n'avait pas quitté son lit, et je n'avais pas quitté ma chaise.

Elle s'appuya sur moi pour se lever, puis marcha en titubant.

«Viens! s'écria-t-elle. Il faut que tu me soutiennes, j'ai les jambes en coton.»

Je regardai ses genoux blancs, couverts de taches de rousseur, qui dépassaient de sa chemise de nuit, ainsi que ses jambes fines dont on voyait les veines en transparence. Un filet de sang coulait à l'intérieur du mollet, sur le talon et jusqu'au sol.

Sans rien dire, je l'accompagnai aux toilettes et lui baissai sa culotte. Elle s'effondra sur la cuvette.

«J'en peux plus», murmura-t-elle. Au même moment, un flot de sang jaillit. «Putain, qu'est-ce qui se passe, Bea? demanda-t-elle, verdâtre.

– Tu saignes, Ari. La vieille t'avait prévenue. Tu es en train de l'expulser.»

Elle respirait fort, pleurait peut-être. Je m'emparai d'une serpillière et allai nettoyer le sol.

Arianna trouva le courage de se lever une heure après. Le sang ne coulait plus à flot, mais normalement, comme si elle avait ses règles.

Avant de tirer la chasse, elle examina l'intérieur de la cuvette.

«Comment ça va?» lui lançai-je du seuil, car je n'avais aucune envie de voir.

Elle secoua la tête, le souffle court, la main sur son ventre désormais vide.

«J'ai avorté. Il n'y a plus rien.»

Jamais je n'oublierais son air hébété, tandis qu'elle se tournait vers moi.

13

Un mois après exactement, l'Italie remporta la coupe du monde de football.

On était heureux, on ne pensait qu'à ça. On ne savait même pas qui était au gouvernement. On ne savait rien, on cultivait jour après jour notre épouvantable ignorance. On ne connaissait qu'un seul homme : Paolo Rossi, le capitaine de l'équipe.

Arianna allait un peu mieux. Elle était restée clouée au lit les deux jours qui avaient suivi l'avortement, puis elle avait repris ses sorties, même si une promenade de quelques minutes suffisait à l'épuiser. Elle mangeait peu, par manque d'appétit, elle avait maigri. Les signes de l'empoisonnement qu'elle s'était infligé se voyaient encore.

Nos copains étaient tous au courant, mais ils faisaient semblant de rien, et cela ne la gênait pas.

De temps en temps, en la regardant, je repensais à cette soirée chez elle, à l'expression qu'elle avait eue à la fin, dans la salle de bains. Parfois, le souvenir de cette image, la souffrance qu'avait traduit sa grimace tout juste perceptible me hantaient. Je me jurais qu'un truc pareil ne m'arriverait jamais. Jamais je ne serais assez crétine pour autoriser quelqu'un à déposer un piège en moi.

Ce soir-là, nous étions réunis dans l'unique bar de la Forteresse. Un ventilateur fatigué produisait dans ce local bondé plus d'efforts que d'air. Dehors, la chaleur humide vous collait à la peau, il était impossible de s'en débarrasser. À l'intérieur, l'odeur de transpiration et le vacarme des jours de fête régnaient en maîtres. La finale de la coupe du monde, Espagne 1982, l'Italie contre l'Allemagne de l'Ouest.

À notre arrivée, j'avais réclamé pour Arianna une chaise que j'avais installée un peu à l'écart, près du comptoir écorché. Je l'avais aidée : elle avait du mal à s'asseoir, parfois ses jambes cédaient.

« Bea, tu restes avec moi ? Je n'ai pas envie d'être seule, je me sens bête », dit-elle, les yeux tournés vers nos copains, debout devant le téléviseur encastré entre une étagère et le plafond taché. Au milieu de la cohue se trouvait aussi Alfredo.

Les copains nous avaient adressé un signe de loin, sans s'approcher, craignant de perdre leurs précieuses places au premier rang.

J'avais de la peine pour eux : ils avaient patienté pendant des heures pour voir un match stupide. Certains étaient déjà ivres.

Comme il n'y avait pas d'autres chaises, je m'accroupis aux pieds d'Arianna. Les mains sur les genoux et les lèvres étirées en un sourire triste, elle ressemblait à une *mater dolorosa*.

« Bien, j'espère qu'on va gagner, déclara-t-elle.

– Tu veux une glace ? » Je savais que c'était la seule chose qu'elle avait envie de manger.

« Un sorbet. Au citron. »

J'allai lui en chercher un. Il me fallut pousser à coups d'épaule bon nombre de clients pour atteindre le réfrigérateur qui se dressait, lugubre et bancal, dans un coin.

Je pris une bière pour moi : je me fichais pas mal du match, je n'étais venue là que pour accompagner Arianna.

Au loin, Alfredo me sourit. Il portait un tee-shirt vert, blanc et rouge assez joli que je ne me rappelais pas avoir vu.

À mon retour, je m'aperçus qu'Arianna ne regardait pas le téléviseur : elle pointait sur la foule, sur notre bande, un regard bizarre, un peu absent.

« Ça va ?

– Oui. La première mi-temps est presque terminée et c'est le calme plat sur le terrain.

– Je me demande comment ça peut te plaire.

– Quoi, Bea ?

– Le foot. Je me demande comment le foot peut te plaire. Moi, ça me dégoûte.

– C'est un sport comme un autre. Si je suis venue, c'est uniquement pour ne pas rester à me tourner les pouces chez moi. »

« Je sais qui était le père. »

Cette phrase prononcée à mi-voix me prit à l'improviste tandis que je buvais. Stupéfaite, je recrachai une gorgée de bière sur mes jambes.

Autour de nous, les regards convergeaient vers la finale. Le sien aussi.

« Je crois que je n'ai pas bien entendu.

– Si, tu as très bien entendu. Je sais qui était le père.

– Pourquoi tu ne me l'as pas dit ?

– De toute façon, je n'en voulais pas.

– Sortons. »

Dehors, la rue était déserte. Les commentaires du match s'échappaient avec force des immeubles environnants.

On s'est assises sur le trottoir. De là, la foule dans le bar paraissait pressée sous la chape de fumée.

De tous, Alfredo était le plus grand et le plus agité. Il sautait, braillait, étreignait ses voisins. Pas un seul membre du groupe n'avait remarqué notre départ.

Je tentai de deviner sur quel garçon précisément les yeux d'Arianna étaient braqués.

« Il est ici ?

– Oui.

– Tu es sûre ? C'est Marcello, le mec du tripot ?

– Non. Avec lui, j'avais compté les jours et j'avais eu mes règles après. Non, ce n'est pas lui.

– Alors c'est Enrico. Ça ne peut être que lui. »

Enrico faisait partie de notre bande. Il avait la réputation de savoir s'y prendre avec les filles. Et ils avaient couché ensemble.

Arianna ouvrit la bouche, prête à répondre, puis se ravisa. Elle se tordit le nez.

« Arianna, tu me caches quelque chose ? »

De nouveau, elle fixait la bande à travers la vitre assombrie du bar.

En particulier celui qui, de tous, gesticulait le plus.

Je sentis mes intestins se liquéfier, patauger dans une lavasse chaude.

Ne me dis pas que c'était lui. Ne me dis pas que tu as baisé avec Alfredo. Qu'il m'a serrée contre lui dans mon lit alors qu'il venait de te toucher. Dis-moi que vous n'avez pas fait ça.

« Putain, qu'est-ce qu'il s'agite, ton putain de jumeau, on dirait un possédé ! commenta Arianna, l'air absent.

– C'est lui ? Dis-moi la vérité ! C'est de lui que tu étais enceinte ? » Le bouillon que j'avais dans le ventre refusait de se calmer.

Ma voix avait-elle trahi de la panique ? Arianna me dévisagea comme on dévisage les fous.

« Alfredo ? Tu déconnes ou quoi ?

– Tu n'as jamais couché avec lui ?

– Non. Je me demande comment un truc pareil peut te venir à l'esprit.

– Qu'est-ce que j'en sais, putain. »

Mes intestins avaient repris consistance. Je respirai. Je ne savais même pas pourquoi l'idée qu'ils aient couché ensemble me rendait aussi dingue.

Je souris.

« Un instant, j'ai cru que c'était lui.

– Impossible.

– Pourquoi ?

– Alfredo ne baise pas. Alfredo ne pense qu'à toi.

– Comment peux-tu dire ça ?

– Ouvre donc les yeux.

– Tu parles... Bon, je n'ai pas envie d'y passer la nuit. Qui c'était ? »

Arianna pencha la tête sur le côté et croisa les bras autour de ses genoux.

« Ton frère. C'était ton frère. »

Un vacarme incroyable éclata à l'intérieur du bar. Paolo Rossi avait marqué un but.

14

Je résistai jusqu'à la fin du match. J'attendis que les spectateurs sortent du bar, tout joyeux, puis m'éloignai en courant et, une fois certaine de ne pas être vue, je vomis dans un coin.

J'ignore pourquoi la révélation d'Arianna avait produit un tel effet sur moi. Peut-être parce que cela rendait perverse sa demande d'aide. Ou parce que Francesco était mon petit frère qui avait fêté ses quatorze ans la semaine précédente. L'idée qu'il puisse mettre une fille enceinte ne me paraissait pas plausible.

Je priai Alfredo de me raccompagner en prétextant que je ne me sentais pas bien. Si instamment qu'il finit par accepter.

Je n'avais pas envie de dormir en tête à tête avec mon frère. Ça me dégoûtait.

«Tu restes?»

Il s'apprêtait à répondre par la négative quand il eut un doute.

«Tu as trop bu, hein, Bea?

– Ce n'est pas ça. Euh… je ne sais pas si j'arriverai à te le dire. Mais dors avec moi.»

On traversa l'appartement sur la pointe des pieds pour ne pas déranger mes parents, et on entra dans ma chambre.

Francesco ne nous avait pas suivis : il fêtait la victoire dehors avec ses copains. Et Arianna.

J'avais vu mon frère la soutenir quand elle s'était laborieusement levée. Leurs regards s'étaient croisés. Francesco avait souri et je l'avais soudain haï. C'était un gamin, elle en avait profité. Un imbécile qui avait mis ma meilleure copine enceinte sans se poser de question.

À moins que si.

Il faisait peut-être semblant de rien.

Et si ce n'était pas lui ? Si Arianna s'était trompée dans ses calculs ? Si elle m'avait donné son nom pour me faire bisquer ? Mais rien ne le justifiait.

Je m'agitais dans le lit. Allongé à côté de moi, Alfredo ne réagissait pas. Il attendait, ennuyé, en soupirant de temps en temps.

« Alfredo…

— Tu vas t'expliquer, ou quoi ?

— … Arianna a avorté.

— Et alors ? Tout le monde le sait, Bea.

— La question n'est pas là, espèce de débile.

— Ah non ? Elle est où ?

— La question, c'est de qui était le bébé.

— Elle ne le sait même pas. De toute façon, elle s'en est débarrassée. Alors qu'est-ce que ça peut foutre…

— Elle sait qui c'était. »

Dans la faible lumière qui pénétrait par la fenêtre grande ouverte, ses yeux semblaient noirs.

« Qui ?

— Francesco. »

Soudain, cette révélation me parut moins grave. Alfredo poussa un soupir, en rien impressionné.

« Il le sait ? demanda-t-il.

— Je ne crois pas.

— Tu vas le lui dire ?

— Je devrais ? Si je parle, je le tuerai. Si je raconte ça à mon père, c'est lui qui le tuera. Il le tuera vraiment, tu sais, et moi, je ne veux pas avoir la mort de mon frère sur la conscience. Même si ça me rend dingue. Et tu peux croire que ça me rend dingue.

– Dans ce cas, ne dis rien. Ne dis rien à personne. Oublie ça.

– Ça ne te fait rien ? Moi, ça me révolte. » Son calme, son détachement avaient quelque chose de détestable.

« C'est du passé. Et puis ce n'est pas à toi que c'est arrivé. C'est dingue que tu prennes ça si mal. Franchement, Bea, je me fous de savoir qui baise avec Arianna. Je me fous totalement de savoir qu'elle s'est farcie Francesco. Il faut toujours que tu te mêles de tout. Ce sont leurs oignons, mets-toi ça dans le crâne.

– Espèce de con.

– Ouais. Et arrête de me faire chier avec ces histoires de gonzesses. »

Je me redressai sur les coudes et, me penchant au-dessus de lui, allumai la petite lampe de chevet. Agacé, il plissa les paupières.

« Tu as couché avec elle ? »

Je savais qu'Arianna avait nié. Je savais aussi qu'elle ne m'avait pas menti. En revanche, j'ignorais pourquoi j'éprouvais le besoin d'entendre la réponse de la bouche d'Alfredo.

Il fixa sur moi le même regard qu'elle un peu plus tôt. J'eus envie de rire.

« Non, bien sûr que non. C'est quoi, ces putains de questions ?

– Jure-moi que vous n'avez jamais couché ensemble.

– Qu'est-ce qui te prend, Bea ? »

Irritée, j'éteignis la lumière. Je faillis tourner le dos, puis me ravisai, continuant de dévisager Alfredo dans le noir.

« D'accord, je te le jure. Je n'ai pas couché avec elle. Ça va mieux, maintenant ?

– Elle te plaît ?

– Tu es jalouse, ou quoi ?

– Non. Je te pose juste une question. Alors, elle te plaît, oui ou non ?

– Non. Je n'aimerais pas tremper mon biscuit là où tout le monde a trempé le sien.

– C'est dégueulasse de dire ça.

– T'as qu'à pas me poser de questions aussi débiles. Maintenant tais-toi et dors, j'en ai marre.

– Et pour Francesco, qu'est-ce que je dois faire ?

– Fais ce qui te plaît, putain ! Tu sais ce qui vaut mieux.

– Oui, mais qu'est-ce que tu ferais à ma place ? »

Dans la pénombre, je le vis passer les mains dans ses cheveux et le sentis repousser le drap. J'eus envie de rire. L'exaspérer m'amusait.

« Moi, je m'en foutrais, je dormirais et laisserais tranquilles tous les pauvres types qui sont obligés de me supporter. »

Je me tournai vers le côté vide du lit et fermai les paupières. Peu après, Alfredo déposa un baiser sur mes cheveux en me souhaitant une bonne nuit.

« Oh, Alfredo.

– Pourquoi tu te crois obligée d'être aussi chiante, et pourquoi tu as choisi justement ce soir, hein ?

– Va te faire foutre. Je voulais te dire que je suis contente.

– Contente de quoi ?

– Que tu n'aies pas couché avec Arianna. »

Je souris en imaginant son air perplexe, puis m'endormis enfin.

15

L'hiver à la Forteresse était insupportable. Dès le mois d'octobre, on commençait à se demander comment on éviterait de mourir d'ennui. La glace apparaissait début novembre sur notre colline. La boue gelait sur les terre-pleins, l'herbe virait au gris et il était impossible de s'attarder dehors. Un vent glacial vous entamait les oreilles.

Nous passions nos journées à regarder la télévision ou à rester barricadés dans l'unique bar du quartier, bondé au point qu'il était pratiquement impossible d'y trouver une chaise.

Il pleuvait souvent, une pluie battante qui vous transperçait jusqu'aux os.

Ce fut le cas pendant l'hiver 1982.

À cause de la pluie, on s'ennuyait de plus en plus. Enfermés une bonne partie de la journée, Alfredo, Francesco et moi nous disputions à longueur de journée. Parfois, Massimiliano et Andrea nous rejoignaient.

Quand Arianna me rendait visite, c'était mieux : se disputer avec une fille offrait des sujets de débat plus intéressants.

On n'en pouvait plus, on profitait de la moindre excuse pour se battre.

Exaspérée par notre présence, ma mère nous criait de débarrasser le plancher. Alors on s'asseyait dans l'escalier de l'immeuble, mais il y avait toujours quelqu'un pour nous intimer l'ordre de nous taire.

C'est ainsi qu'une idée germa dans la tête de ma mère.

Un dimanche matin, elle rapporta de la messe un tract que don Antonio avait distribué aux fidèles. Il exposait le programme complet des activités de Noël organisées l'après-midi par la paroisse : des trucs stupides et inutiles, des travaux manuels consistant à décorer le sapin et la crèche.

Francesco déclara qu'il préférait se jeter par la fenêtre plutôt que d'y prendre part.

Alfredo l'approuva, tout comme moi. Depuis l'époque de l'école, je détestais les préparatifs de Noël.

Mais ma mère ne l'entendait pas de cette oreille. Le dernier vendredi de novembre, elle nous expédia à la Pagode. Nos protestations ne servirent à rien : elle demeura inébranlable.

De toute façon, c'était mieux que de se geler dans la rue. Et puis personne ne pouvait nous obliger à participer à ces travaux ridicules. Rien ne nous empêchait de rester dans notre coin.

On y alla donc.

Je m'attendais à trouver l'atmosphère pieuse qui avait caractérisé les rares activités paroissiales auxquelles j'avais assisté jusqu'à présent : don Antonio en soutane noire, les cheveux toujours rabattus vers l'arrière, les vieilles du quartier et les enfants occupés par les travaux manuels, ainsi que quelques-uns de nos semblables avec lesquels échanger plaintes et bavardages.

Il n'en fut rien.

La salle principale de l'aumônerie, débarras une grande partie de l'année, avait été nettoyée et décorée. Dans un coin se dressait un sapin artificiel aux branches flexibles. Des guirlandes lumineuses pendaient du plafond. Une ampoule sur quatre marchait.

Don Antonio ne portait pas sa soutane, mais un jean et un pull qui ne lui donnaient pas l'allure d'un prêtre.

La salle était bondée. D'habitants de la Forteresse mais aussi d'inconnus, ce qui était inhabituel.

On les observa, plantés sur le seuil : la plupart avaient plus ou moins notre âge.

Étrangement, ils n'avaient pas peur de fréquenter notre quartier : ils semblaient calmes et à leur aise. Ils nous souriaient.

« Moi, je me casse, déclara Alfredo.

— Pour aller où ?

— Chez moi. Je préfère crever plutôt que de rester ici. À plus tard. »

Je le regardai s'éloigner, les mains dans les poches, sous une pluie battante.

Quand il eut disparu, Francesco me jeta un regard plein d'espoir.

« Hors de question, lui dis-je. Si on rentre maintenant, maman piquera une crise. »

Don Antonio se dirigeait vers nous.

« Beatrice, Francesco, quelle joie de vous voir ! » lança-t-il avec un sourire, apparemment sincère. Se plaçant entre nous, il glissa un bras autour de nos épaules d'un geste qui nous était familier.

Il nous accompagna à une table où l'on peignait des boules de Noël et nous expliqua brièvement en quoi ça consistait. Je reconnus deux femmes qui habitaient l'immeuble en face du nôtre, ainsi que la sœur aînée de Cristina. Je les saluai du bout des lèvres, puis m'assis à côté de mon frère.

À ma droite se trouvait un garçon de mon âge, ou un peu plus âgé. Maigre, avec des lunettes, il paraissait content. Il n'avait rien du minable habituel, et je me demandais ce qu'il fabriquait au milieu de toutes ces femmes.

C'est alors qu'il me sourit.

« Salut. Je m'appelle Giulio.

— Et moi, Bea. Voici mon frère, Francesco. »

Francesco grogna : « T'es pas d'ici. Qu'est-ce que t'es venu foutre ? »

J'aurais aimé lui dire d'être correct et de bien se conduire, mais cela n'aurait servi à rien : il n'en faisait toujours qu'à sa tête. Il était impossible de le raisonner, contrairement à Alfredo.

Malgré la proximité, je baissai le menton en feignant l'indifférence.

« Je viens de la paroisse de San Damiano, affirma le garçon d'un ton extrêmement gentil. Don Antonio m'a demandé de lui donner un coup de main pour les préparatifs de Noël.

— Ah, tu es prêtre !

— Non. Je fais du bénévolat à la paroisse. Comme tous les gens qui sont ici et que tu ne connais pas. »

Je jetai un regard circulaire. Il y avait là une dizaine d'inconnus, tous très jeunes.

« Vous aimez vraiment ces conneries ? » lança Francesco. J'aurais voulu l'étrangler : j'avais honte. De gêne, nos compagnes de travail détournèrent la tête.

« Ce n'est pas ce que nous faisons qui compte. C'est juste une occasion d'être ensemble.

— Putain, on dirait un curé qui parle, tu devrais peut-être pen…

— Ça suffit, Francesco ! » m'écriai-je.

Il se tut aussitôt. J'en profitai pour le menacer : « Si tu continues, je le dirai à papa. »

Cette perspective produisait toujours un effet extraordinaire sur lui. Un regard de mon père suffisait à l'intimider.

Il s'empara d'une boule de Noël qu'il commença nonchalamment à peindre.

« Un boulot de prisonniers », l'entendis-je marmonner.

Je me tournai vers mon voisin et le priai de l'excuser : je ne voulais pas qu'il me prenne pour une idiote, même si je partageais pleinement les opinions de Francesco.

Ces travaux manuels étaient une gigantesque connerie.

On repartit à l'heure du dîner. Francesco n'avait pas cessé de bouder. Quant à moi, j'avais fini par trouver l'expérience plutôt agréable.

Puisque je devais en passer par là, avais-je pensé, autant jouer le jeu. Et puis, le bénévole était sympa.

«Il est cool, ce Giulio… non?

– Quoi? Ce curé raté? Ce n'est qu'un imbécile. Et toi, tu l'as même défendu.

– Uniquement parce que tu es grossier. Et puis il a été super.»

La nuit était noire à la Forteresse, et il recommençait à pleuvoir, mais cela n'empêcha pas Francesco de se planter au milieu de la rue.

«J'arrive pas à le croire, dit-il avec un sourire stupide. Tu flashes sur le petit curé!

– Je n'ai jamais dit ça!

– Tu viens de dire qu'il est super! Tu flashes sur ce minable!

– Tu ne retiens que ce qui t'arrange! Je voulais dire super sur le plan humain! Tu fais vraiment chier!»

Mon frère ne m'écoutait plus: il se mit à courir en hurlant aux quatre vents que j'étais amoureuse d'un curé.

Je haussai les épaules et décidai de ne pas relever.

16

En fin de compte, les activités de la paroisse n'étaient pas si déplaisantes, et je retournai à la Pagode tous les après-midi. Alfredo et mon frère s'obstinaient à la déserter.

Peindre des boules de Noël ou construire la crèche constituaient des travaux assommants, mais rencontrer de nouvelles têtes, des gens différents de ceux que je côtoyais depuis ma naissance, me plaisait.

Et puis, j'appréciais Giulio. J'essayais toujours de m'asseoir à côté de lui et, au bout de quelques jours, il prit l'habitude de me garder une place.

En sa présence, je me conduisais différemment. J'essayais de m'exprimer en italien, non en dialecte, sans avaler les mots ni les déformer comme avec mes amis. Je m'efforçais de châtier mon langage et d'être moins vulgaire. Je me tenais bien droite, au lieu de me vautrer sur ma chaise. Il m'arriva même de mettre du rouge à lèvres, volé dans le sac de ma mère.

Lorsque nous étions en tête à tête, j'étais si nerveuse que je n'arrêtais pas de rire.

Comme don Antonio nous interdisait de fumer à l'intérieur, j'étais obligée de sortir pour allumer une cigarette. Sous l'auvent il faisait froid et, à cause des réverbères cassés, la cour était plongée dans le noir, mais au moins il ne me pleuvait pas sur la tête.

Quand on n'avait pas trop de travail, Giulio m'accompagnait, même s'il ne fumait pas.

Côte à côte, dans l'obscurité qu'éclairait uniquement la braise de ma cigarette, nous écoutions la pluie.

Nous parlions peu.

Je ne trouvais jamais rien à dire et quand par miracle j'y parvenais, la conversation languissait très vite.

Le silence de l'auvent semblait nous bâillonner. À l'intérieur, nous étions gais et parlions de tout. Dehors, je me sentais mal à l'aise. Pensant que Giulio s'ennuyait en ma compagnie, je me dépêchais de finir ma cigarette pour regagner la salle. Voilà pourquoi, au bout d'un certain temps, je me contentai de fumer avant et après.

Un jour, Giulio me pria de sortir.

C'était le dernier jour. Don Antonio devait ensuite célébrer la messe à la Pagode. Après quoi on rentrerait tous chez nous. Je comptais partir avant : je me fichais complètement de la messe.

Perchée sur une échelle, j'installais la pointe du sapin quand il s'approcha.

«Bea, tu peux descendre une minute?

– De quoi as-tu besoin?

– De rien, c'est juste que… Descends et je te le dirai.»

Dès que je me fus exécutée, il m'attrapa par l'épaule et m'éloigna. Il paraissait nerveux.

«On va fumer? proposa-t-il.

– Tu ne fumes pas!

– Et alors? Je te tiendrai compagnie.»

J'eus tout juste le temps de saisir ma veste et mes cigarettes avant qu'il m'entraîne dans l'ombre de l'auvent.

Occupés à donner les dernières retouches à l'arbre de Noël, nos compagnons ne remarquèrent pas notre départ. La cour et l'auvent étaient déserts, mais les voix et les rires nous parvenaient aux oreilles.

Je m'adossai au mur, les yeux tournés vers les immeubles de la Forteresse. Des guirlandes électriques brillaient par intermittence sur les balcons, offrant un spectacle presque gai.

« Bea, écoute… tu viendras me voir ? »

Ma surprise fut telle que je ne saisis pas.

« Je t'ai demandé si tu me rendras visite un de ces jours.

– Pourquoi faire ?

– Je ne sais pas… pour passer un peu de temps ensemble. On est bien tous les deux, non ? »

Pour sûr, on était bien. Giulio me plaisait. Pas comme mes copains de toujours. D'une autre façon. En sa présence, j'avais envie de m'améliorer.

Mais il ne faisait pas partie de mon monde. C'était différent. Et cela allait bientôt prendre fin, je le savais.

Je le regrettais, mais je n'y pouvais rien.

« Tu vis seul ?

– Non, chez mes parents. J'ai aussi un chien qui s'appelle Zeno. Il est gros mais très gentil, il ne te fera pas peur.

– Je ne peux pas.

– Pourquoi ? »

La réponse était évidente et elle se voyait tout autour de nous. Dans cet endroit aux porches abîmés et aux cours glaciales, aux balcons rouillés ornés de guirlandes lumineuses à bon marché. Une sorte de prison.

« Parce que j'habite ici, à la Forteresse. Les gens de l'extérieur ne nous aiment pas, Giulio. Ils nous regardent de travers, ils nous rejettent.

– Mon père et ma mère ne sont pas des imbéciles. Et ce n'est qu'un quartier, Bea. Tu n'es pas obligée de ressembler au milieu dans lequel tu vis.

– Mais moi, je suis comme cet endroit. Je n'y peux rien.

– Cela signifie que nous ne nous reverrons pas ?

– Si, l'année prochaine, quand tu reviendras. »

J'essayai de sourire. C'est alors que, contre toute attente, il m'embrassa.

Je ne compris pas tout de suite. Un instant, nous étions éloignés et parlions de l'avenir. L'instant d'après, il avait fourré sa langue dans ma bouche.

Bien que ce fût une impression étrange, je ne m'écartai pas. Mieux, je nouai mes bras autour de son cou et le laissai me serrer contre lui : je n'avais aucune envie de rater mon premier baiser. Ce n'était pas ce que j'avais imaginé – mes cheveux se glissaient dans nos bouches et les lunettes de Giulio se mettaient de travers sur nos nez –, mais c'était une nouvelle expérience, inattendue. Et pas si désagréable que ça.

C'est alors qu'un énorme rire retentit dans la salle de l'aumônerie. Un rire gai, une sorte de braiment contagieux.

On aurait dit le rire d'Alfredo.

Alfredo. Soudain, je me rappelai que je lui avais donné rendez-vous pour lui montrer la crèche et le sapin de Noël décoré par nos soins.

Alfredo, qui arrivait.

Alfredo, qui ne devait pas me voir embrasser un inconnu.

Alfredo, qui raconterait la scène à mon frère, lequel la raconterait ensuite à mon père.

Et mon père m'interdirait toute sortie jusqu'à Pâques au moins.

Je repoussai Giulio, lissai ma veste et m'élançai dans la rue.

« Bea, où vas-tu ?

– J'ai un truc à faire. Un truc important !

– Quand nous reverrons-nous ? »

Je m'immobilisai et me retournai. Sa silhouette noire dans l'ombre de l'auvent. J'avais beau m'être éloignée, je distinguais encore le reflet de ses lunettes de travers sur son nez. Il était vraiment super.

Je souris.

«L'année prochaine! Au prochain Noël!»
Puis je poursuivis ma course sans plus m'arrêter.

En chemin, je tombai nez à nez avec Alfredo. Vêtu de son habituel jean trop court, il se dirigeait vers la Pagode, les mains enfoncées dans les poches de son blouson.

«Qu'est-ce que tu fous ici? Tu n'étais pas censée t'occuper des conneries de Noël?

— Je suis partie plus tôt que prévu. Je m'emmerdais.

— Allons voir la crèche. C'est ce que tu voulais.»

Je m'efforçai de l'entraîner dans la direction opposée. Je ne voulais pas qu'il entre dans la salle et rencontre Giulio.

«On s'en fout, de la crèche, Alfredo. Tu la verras demain si tu en as envie. Allons au bar, il faut que j'achète des clopes.

— Qu'est-ce qui se passe? Tu es bizarre. Tu as l'air d'une folle.

— Moi? Non, j'ai juste fumé un pétard. Cassons-nous, cassons-nous.»

Il finit par obtempérer.

Je m'agrippai à son bras le long de la rue qui descendait vers la place et menait au bar.

J'avais encore le goût de Giulio dans la bouche. Il me tardait de le raconter à Arianna.

17

L'été qui suivit celui de la coupe du monde, je partis pour la première fois en vacances sur la côte.

Je n'avais jamais quitté la Forteresse, je n'avais jamais vu la mer. De temps en temps, au printemps, j'étais allée avec ma famille au bord d'un lac artificiel aménagé dans un parc voisin de notre ville. Mais c'était différent : la pêche y était autorisée, pas la baignade. De toute façon, l'eau, d'un vert sombre, ne donnait aucune envie de piquer une tête.

À la mi-juillet, une affichette apparut sur le portail de l'église : l'aumônerie organisait une excursion d'une semaine au bord de l'Adriatique pour les jeunes de douze à dix-huit ans. Le départ était prévu un samedi, on voyagerait en car et logerait dans un couvent de religieuses. J'étudiai le programme : les activités récréatives et les prières étaient trop nombreuses à mon goût, mais j'avais tellement envie de voir la mer que je les jugeai supportables.

J'en parlai à mes parents. Ils approuvèrent ce projet et déclarèrent que, compte tenu du prix très peu élevé, Francesco pouvait m'accompagner.

Le lendemain matin, munie de la somme nécessaire et d'une autorisation écrite de mon père, je me rendis à la Pagode. Don Antonio m'accueillit avec un sourire.

« Tu as de la chance, Bea, il ne reste plus qu'une place. »

Je rentrai chez moi en sautant de joie. Peu importait qui seraient mes compagnons de voyage. Ce qui comptait, c'était de voir la mer. Et tant pis pour Francesco qui aurait dû s'inscrire à temps, au lieu de rester couché et de repousser cette tâche à plus tard.

Je passai trois jours de bonheur absolu. Francesco et Alfredo me regardaient avec jalousie préparer ma valise, me répondant par des grognements boudeurs.

Je partais. Je vivrais une semaine entière dans un endroit où personne ne me connaissait, où personne ne me considérerait comme une criminelle, comme une paria, pour la simple raison que j'habitais le mauvais quartier.

Une semaine d'une existence normale.

La veille de mon départ, j'allai avec ma mère au marché et achetai un maillot de bain bleu. Je me trouvais jolie dedans, déjà bronzée. Aussi je le gardais sous mes vêtements, un sourire stupide plaqué sur le visage, en pensant au moment où je foulerais le sable.

Assis sur le balcon, Alfredo fumait cigarette sur cigarette. Depuis quelques jours, il ne s'adressait plus à moi que sous forme de monosyllabes et de grognements.

« Tu te rends compte, demain à la même heure je me baignerai !

– J'en ai rien à foutre.

– Tu peux me dire pourquoi tu n'es jamais capable de te réjouir pour moi ?

– Je ne t'ai rien demandé ! Je me fous pas mal de la mer ! La mer, ça me fait chier.

– Tu ne l'as jamais vue !

– C'est ça ! Tu me raconteras à ton retour !

– C'est de la pure jalousie.

– Ce maillot de bain te va très mal, Bea. »

Je m'emparai d'une cassette abandonnée sur le lit et la lançai sur lui. Elle l'atteignit à la nuque.

« Aïe ! T''es con, ou quoi ?

— Comment peux-tu savoir que j'ai mon maillot sur moi ? Tu m'as espionnée ?

— On voit à des kilomètres que tu ne portes pas une culotte normale. Tu marches comme si tu avais des hémorroïdes.

— Heureusement pour toi, je suis trop occupée par mes bagages. Sinon je te balancerais par-dessus la balustrade.

— Il vaut mieux que je me casse, sinon c'est moi qui te balancerai par-dessus. Tu es insupportable, aujourd'hui. »

Il m'écarta d'un coup d'épaule et disparut à l'intérieur en traînant les pieds.

« Super ! Super ! Je vais à la mer dans un maillot qui me donne l'air d'une grosse dondon ! » Sa voix de fausset résonna un long moment dans le couloir, imitation irritante de la mienne.

Je ravalai mon envie de le frapper, puis fourrai les derniers vêtements dans ma valise. Ma bonne humeur s'était évaporée. Ma mère se pencha alors sur le seuil.

« Pourquoi fais-tu cette tête ? J'ai vu Alfredo s'en aller comme une furie.

— Maman, laisse tomber Alfredo.

— Vous passez vos journées à vous disputer.

— Il me rend dingue, il me donne des envies de meurtre. Par jalousie, il essaie de gâcher mon départ.

— Tu le cherches un peu, Bea. Tu n'arrêtes pas de l'asticoter… Il faut une de ces patiences, avec toi…

— Tu t'y mets ? À t'entendre, il a toujours raison.

— Ce n'est pas vrai. Je suis objective. »

Je la dévisageai. Elle avait un petit sourire.

« Qu'est-ce que tu voulais, maman ?

— Si tu as terminé ta valise, tu peux descendre acheter un litre de lait ?

– Tu ne peux pas envoyer Francesco ?

– Il aide ton père à réparer le chauffe-eau.

– Tu n'as qu'à appeler Alfredo.

– Bon, j'ai compris, j'y vais moi-même.

– Allez, donne. »

Je lui pris l'argent des mains et sortis sans même enfiler mes chaussures. Il faisait tellement chaud que personne ne s'en apercevrait.

Je retrouvai Alfredo devant le bar. Assis à une table bancale et écaillée, il bavardait avec un vieillard chauve en débardeur. Leurs voix résonnaient dans la rue : une énième discussion sur le foot qui n'intéressait personne.

Sous mes talons, l'asphalte brûlait. Je parcourus les derniers mètres à toute allure et me réfugiai dans un coin d'ombre, tout près de la chaise d'Alfredo. Il ne daigna pas m'accorder un regard.

J'entrai dans le bar en ricanant. Quand j'en ressortis, quelques minutes plus tard, il s'était volatilisé.

« Où est-il allé ? »

Le vieux avait la peau tannée et des tatouages, ainsi qu'une voix rauque de fumeur endurci.

« Qui ?

– Le mec blond qui était assis ici.

– Je n'ai vu personne, répondit-il avec un sourire édenté.

– Oh, va te faire foutre, toi aussi. » Je m'éloignai, furieuse. Les gens se rangeaient toujours dans le camp d'Alfredo.

Le lendemain, Alfredo se présenta chez moi en traînant ses pieds chaussés de sabots en bois, l'air agacé. Il me regarda dire au revoir aux membres de ma famille, puis s'empara sans un mot de ma valise.

S'il m'accompagnait, ce n'était pas pour me rendre service ou parce qu'il appréciait ma compagnie. Mais juste pour avoir quelque chose à me reprocher ensuite. Et pour me torturer avec son silence.

Le rendez-vous était fixé à neuf heures devant l'église. Un trajet de dix minutes scandé par ses grognements se profilait : une perspective peu réjouissante. Je cherchai donc un compromis.

Une dispute. Il n'y avait pas mieux.

« Bon, tu arrêtes de faire le con ? »

Il regardait droit devant lui en jouant avec un briquet jaune et en feignant de ne pas m'entendre.

« S'il te plaît, Alfredo, s'il te plaît ! Tu ne peux donc vraiment pas te réjouir pour moi ?

– Toi, tu le ferais ? »

Je soupirai.

À sa place, j'en aurais fait une tragédie, je le savais. Je m'efforçais de me justifier en prétendant que c'était différent. J'étais mesquine, mais j'avais peur qu'il me remplace, qu'il s'éloigne de moi, s'il trouvait mieux. S'il rencontrait une fille, par exemple. L'idée de le partager m'était insupportable. Mais il m'était impossible de le lui dire.

J'étais bien obligée de mentir.

« Bien sûr que oui !

– Je ne te manquerais pas ?

– Je te téléphonerai tous les jours, c'est promis.

– Bea, je n'ai pas dit que tu me manqueras. Je t'ai demandé si moi, je te manquerais. »

Je baissai la tête et me mordis la lèvre inférieure.

« Bon, je vois que tu n'es pas aussi bête que tu en as l'air.

– Écoute, je…

– Oh, ta gueule ! Ce que tu peux être chiante… Regarde, il y a déjà du monde. »

Il m'indiqua un petit groupe devant le portail de la Pagode puis s'immobilisa et me tendit ma valise.

« Salut, Bea.

– Tu pourrais au moins m'embrasser.

– Tu ne le mérites pas. »

Il savait être fielleux. Je lâchai la valise, qui atterrit sur le gravier avec un bruit sourd.

Je lui jetai les bras au cou, même si cela m'obligeait à me dresser sur la pointe des pieds. Il ne me rendit pas mon étreinte, mais je m'en moquais.

« Je sais bien que tu t'en fiches, lui murmurai-je à l'oreille. Mais tu vas vraiment me manquer. »

Une douleur subite me foudroya. Je bondis en arrière comme si on m'avait mordue.

Mon épaule gauche me faisait mal. Une plaie rougeâtre s'étalait sur la chair qui grésillait encore.

Alfredo avait encastré sur son briquet jaune un morceau de fer que la flamme avait chauffé à blanc. Non seulement il ne le cachait pas, mais il le regardait comme s'il le découvrait pour la première fois.

Il attendit qu'il refroidisse pour le glisser lentement dans sa poche.

« T'es taré ! Tu devrais te faire soigner ! »

Son visage calme. Ses yeux verts mi-clos. Ses cheveux blonds dont j'aurais voulu arracher des mèches entières. Sa bouche fine qui ne souriait pas.

« Beatrice, quand on aime les gens, on les fait pleurer. »

Je lui assenai un coup de poing qui lui fendit la lèvre.

Il se contenta de secouer la tête et de se lécher le sang. « On se reverra à ton retour. »

Je le vis s'éloigner sur le terre-plein de graviers blancs.

« Je te déteste, Alfredo ! » lui criai-je. Il ne se retourna même pas.

Je posai mes yeux embués de larmes sur la plaie. On en distinguait déjà la forme.

Un putain de A parfaitement lisible.

18

La rage que j'éprouvais à l'égard d'Alfredo s'atténua en l'espace de quatre heures – le temps qu'il fallut au chauffeur pour nous conduire à destination. Je m'étais assise près de la vitre, regardant défiler une autre Italie. Une Italie pas si différente de celle où j'habitais. À l'aise, je bavardais avec mes voisins que je connaissais tous au moins de vue. De temps en temps, j'examinais ma plaie boursouflée et blême. Au fond, me disais-je, ce n'était pas si grave, rien comparé aux morsures et autres griffures que nous nous étions infligées par le passé.

J'avais beau me raconter des histoires, je n'étais pourtant pas dupe : Alfredo n'avait pas agi pour me blesser, mais pour imprimer sur ma peau la frontière qui nous séparait du reste du monde. Un signe de reconnaissance, un souvenir.

Il m'avait marquée comme un animal.

Je cessai d'y penser quand je découvris à travers la vitre, derrière les champs cultivés, par-delà les maisons construites sur des terre-pleins et les rangées d'arbres, une fine bande bleue qui se distinguait du ciel : la mer. Depuis des années, je rêvais de la voir, d'y plonger les pieds, de sentir son goût, son parfum.

Dès lors, je ne cessai de m'agiter sur mon siège. Enfin, le car atteignit le couvent qui allait nous héberger : un bâtiment au toit bas, aux fenêtres étroites, dont le jardin abritait une pelouse soignée, des palmiers et des pins. Alignées devant la porte, des religieuses nous adressèrent sourires et bonjours. Mais je m'en souciais peu : de l'autre côté de la grille s'étendaient la route et, aussitôt après, la plage que j'étais impatiente de fouler.

Le chauffeur ouvrit la porte, et don Antonio se plaça devant pour contenir la bousculade. Il nous ordonna de descendre deux par deux, puis de récupérer notre valise dans la soute et d'attendre sur le côté le moment d'entrer. Je profitai du désordre pour fausser compagnie au groupe.

Je déposai ma valise dans un coin, m'élançai discrètement vers la plage.

C'était une journée venteuse : des nuages bas remplissaient le ciel et il n'y avait personne sur le sable. De près, la mer avait la couleur du fer.

J'ôtai mes chaussures et mes chaussettes et courus sur le sable froid en riant toute seule.

Je continuai ma course malgré l'eau qui trempait mon jean et l'alourdissait. Quand elle eut atteint la hauteur de mes genoux, je fus obligée de ralentir.

C'était donc ça, la mer ? Elle était beaucoup plus froide que je ne l'avais imaginée et elle dégageait une odeur qui vous prenait à la gorge.

Soudain, j'aperçus une silhouette venant vers moi. En dépit de la distance, je reconnus la soutane noire de don Antonio. Il peinait sur le sable en agitant les bras et en criant mon prénom.

Je me laissai tomber à la renverse. L'eau glaciale se referma sur moi puis se rouvrit, me permettant de respirer. Je haletai et plissai les paupières car les yeux me brûlaient. À présent immobile, don Antonio m'appelait, hors de lui. S'il n'avait pas eu peur de se mouiller, il serait venu me tirer par l'oreille, criait-il.

Je me relevai sans cesser de rire et l'éclaboussai d'un geste du pied, indifférente aux punitions dont il me menaçait.

Malgré le mauvais temps et le ciel bas qui annonçait la pluie, j'étais contente d'être là. Mon premier bain de mer m'avait comblée, et j'avais beau l'avoir pris tout habillée, le résultat avait satisfait une attente de dix-sept années.

S'il n'en avait tenu qu'à moi, je serais restée là pour l'éternité.

19

Mon séjour était censé durer une semaine, mais il se prolongea.

On s'amusait beaucoup, même si les religieuses étaient assommantes et si elles nous envoyaient au lit à dix heures du soir.

On couchait dans deux dortoirs meublés de lits superposés, l'un pour les garçons, l'autre pour les filles. Toilettes et douches étaient également séparées. Le matin, après la messe et le petit déjeuner, on gagnait la petite plage que la mairie avait octroyée au couvent. Compte tenu de son exiguïté, il n'était pas difficile de nous y surveiller. À notre retour, en début d'après-midi, les plus jeunes se livraient à des jeux stupides avec les religieuses, tandis que les plus grands avaient la liberté de sortir, à condition de réintégrer le couvent à dix-neuf heures pour la messe du soir.

Je me moquais bien de la messe, mais, échaudé par ma fugue du premier jour, don Antonio ne me quittait pas des yeux. Je m'efforçais donc d'y paraître.

Le lendemain de mon arrivée, je fis la connaissance de Marta.

Elle avait dix-huit ans et passait les vacances avec ses parents dans un petit appartement loué au bord de la mer.

Il s'agissait d'une famille normale, originaire de Bologne : le père était représentant médical, la mère institutrice. Comparés à mon entourage, c'étaient des extraterrestres. Marta, qui allait entrer en terminale, avait hâte de s'inscrire à l'université. Elle lisait énormément et, à ma grande stupéfaction, n'avait jamais rencontré d'anciens taulards.

Malgré nos différences, je l'appréciais beaucoup.

J'avais fait sa connaissance par hasard sur la plage, devant la buvette, où les religieuses m'avaient chargée d'acheter des cornets de glace pour les petits. La queue était immense et Marta, qui se tenait devant moi, s'était retournée plusieurs fois avant de me sourire. Un beau sourire dans un visage couvert de taches de rousseur.

« C'est un tatouage ? Ça fait mal ? m'avait-elle demandé en indiquant mon épaule.

– Non, c'est une brûlure. » Je souris. « Et oui, ça fait mal.

– De loin, on dirait un tatouage en forme de A.

– Un de mes amis, un vrai crétin, m'a brûlée par erreur, laisse tomber », me hâtai-je d'expliquer, de peur qu'elle ne pense qu'on m'avait marquée au fer rouge comme un animal – la vérité.

La cicatrice avait commencé à s'assombrir et la rage que j'éprouvais à l'égard d'Alfredo s'était atténuée. J'étais presque prête à lui pardonner, d'autant que je ne lui avais pas parlé depuis mon départ. En réalité, cela valait mieux car, au téléphone, nous aurions fini par nous disputer.

Je n'étais pas très sociable et je n'avais pas l'habitude de me confier, mais cette fille suscita chez moi un élan de sympathie. Peu lui importait qui j'étais et d'où je venais. Elle ne connaissait pas la Forteresse, et ses regards ne trahissaient ni mépris ni soupçon. Elle ne craignait pas que je lui vole son sac ou son argent, elle me traitait comme une égale, et c'était agréable.

L'après-midi, elle venait m'attendre devant le couvent et m'emmenait sur la plage où ses parents louaient un parasol et une cabine. Ils étaient gentils et nous laissaient libres de nos mouvements, contrairement aux religieuses. C'étaient les meilleurs moments de la journée.

À la fin de mon séjour, les parents de Marta m'invitèrent à m'installer chez eux : il y avait de la place dans leur appartement, déclarèrent-ils, je pouvais y passer autant de temps que je le souhaitais.

Je commençai par refuser, puis cédai aux nombreuses insistances de Marta. La veille du départ, j'achetai des jetons et me glissai dans une cabine téléphonique. Ma mère ne s'opposa pas à ce projet, elle me recommanda juste de faire attention, de bien me conduire et de remercier les parents de Marta de leur hospitalité.

Comme il me restait quelques jetons, je téléphonai ensuite à Arianna.

Enfermée dans la cabine, sous un soleil au zénith, je composai son numéro que je connaissais par cœur.

Ce n'était pas elle que j'avais envie d'entendre. Mais je m'en contenterais : Alfredo n'avait pas le téléphone.

« Allô ?

— Ari, c'est moi.

— Bea ! Comment ça va ? Et la mer, comment c'est ? »

Je ricanai. Elle était contente de mon appel.

« Sublime, Ari. Je suis bronzée. J'ai un million de taches de rousseur, comme toi !

— On se voit demain ? Monte chez moi à ton arrivée, tu me raconteras.

— Euh… non. Je ne rentre pas demain. J'ai rencontré une fille qui m'a invitée à rester quelques jours.

— Quel bol ! Non seulement tu rencontres des gens, mais en plus ils t'hébergent. Au fait, ils savent d'où tu viens ?

— Oui, et ils s'en fichent complètement. C'est dingue, non ?

— Espèce de salope, je suis jalouse. L'année prochaine, je t'accompagne !

— Oui, on viendra ensemble… Quoi de neuf, chez nous ?

– Bof, rien de spécial. On crève de chaud et on s'emmerde. Ton jumeau sait que tu ne rentres pas ? »

Mon estomac se serra.

« Pas encore. Ma mère se chargera sans doute de le lui dire.

– Merde, il va faire un de ces bordels…

– Tu parles, il s'en fout. Il ne s'en apercevra même pas.

– Laisse tomber, Bea. Il est intraitable depuis quelques jours. On dirait un animal en cage. Plus personne ne le supporte.

– Pourquoi ? Qu'est-ce qu'il fait ?

– On ne peut plus discuter avec lui. Il se met en rogne et gueule tout le temps. Il cherche toujours la bagarre. Avant-hier il a dispa… »

Le bruit métallique que produisit la chute des jetons interrompit la conversation. Je n'avais plus de monnaie.

Je soupirai et essuyai la sueur de mon front. Je ne saurais jamais ce qu'avait fabriqué Alfredo.

Mais je décidai de ne pas y accorder d'attention.

Marta m'attendait devant la cabine, assise sur le trottoir, à l'ombre d'un arbre. Elle me cria de me dépêcher.

Je pensai qu'Alfredo ne parviendrait jamais à se conduire correctement. Il resterait un débile, et il le méritait. Ce n'était pas mon cas. Moi, j'avais le choix, je savais aussi que j'étais mignonne. Et j'étais contente de ne pas être comme lui.

Censée séjourner une semaine chez Marta, j'en passai deux, puis trois. Sa famille, qui m'adorait, était bien décidée à me retenir.

Je téléphonai à ma mère un jour sur deux, toujours de la même cabine.

Elle m'apprit qu'Alfredo se montrait rarement, juste pour tuer le temps. Je la priai de lui dire bonjour de ma part.

Elle me répondit qu'elle le ferait, mais d'une voix un peu étrange. Je préférai ne pas m'interroger : j'étais trop bien pour me soucier de lui.

Je m'étais beaucoup attachée à Marta. J'aimais faire semblant d'être quelqu'un d'autre, persuadée que je finirais par lui ressembler, que je partagerais ses rêves et ses ambitions, que je lirais ses livres, que je découvrirais ce qu'elle s'amusait à me raconter. Ce genre de conversations était nouveau pour moi : elle me parlait d'endroits lointains, de personnages de livres, de sujets étudiés au lycée, et – contrairement à ce que je pensais – ce n'était pas du tout ennuyeux. Elle me rapportait des histoires qui s'étaient déroulées des centaines d'années plus tôt avec autant de naturel que s'il s'agissait de ses amis. Je lui décrivais pour ma part la Forteresse, ainsi que mes relations avec Arianna et Alfredo. Je n'avais pas grand-chose à raconter, mais elle s'en moquait. Mon quartier la fascinait. Elle le trouvait romantique et rêvait de s'y rendre avec moi. Elle voulait voir de près les immeubles squattés et rencontrer leurs habitants. À mes yeux, le délabrement de mon environnement n'avait rien de romantique, mais je gardais ces réflexions pour moi. L'admiration de mon amie pour ce qui m'appartenait me rendait heureuse, me flattait.

Je croyais vraiment pouvoir changer, mais chaque fois que mon regard tombait sur la cicatrice qui marquait mon épaule, ma gorge se nouait. Je n'étais pas comme Marta. Je ne lui ressemblerais jamais, même si je vivais un million d'années. Alfredo avait réussi à me rappeler que j'avais, comme lui, certains instincts dans le sang.

Tous les soirs avant le dîner, Marta et moi allions sur le balcon en tenue de sortie. Nous fumions et parlions de l'avenir.

« Et si tu venais vivre à Bologne ? Je te présenterais à mes copines. Et à mes copains.

– Qu'est-ce que je viendrais y faire ?

– Je ne sais pas. Bologne n'est pas mal du tout. Tu t'inscrirais à l'université.

LE BRUIT DE TES PAS

– C'est ça… l'université. Je te signale que j'ai arrêté mes études en troisième.

– Bon, oublions la fac. On trouvera toujours quelque chose. Viens avec ton copain, celui qui t'a fait cette marque… Comment s'appelle-t-il, déjà ?

– Alfredo.

– C'est ça. Viens avec Alfredo.

– Arrête ! Il n'est pas présentable, c'est un sauvage.

– Moi, il me plaît.

– Tu ne l'as jamais vu !

– Je sais, mais j'ai l'impression de le connaître. » Marta leva le visage en dessinant dans l'air des ronds de fumée.

Je m'agitai sur la chaise en osier, soudain inconfortable. « Comment je le décris ?

– Tu as l'air de le détester, mais ce n'est pas vrai. Tu as beau dire que tu ne le supportes pas, on voit bien que tu l'aimes beaucoup. Cela signifie qu'il a une grande importance pour toi. »

J'eus un petit rire hystérique. « De l'importance ? Tu te trompes complètement ! Alfredo est un couillon. »

Elle m'adressa à travers ses cheveux châtains un sourire qui prouvait qu'elle ne me croyait pas.

« C'est écrit sur ton front, Bea.

– Quoi ?

– Tu l'aimes.

– Quelle connerie !

– Tes yeux brillent quand tu parles de lui, même en mal. Tu devrais voir ta tête, tu devrais vraiment la voir.

– Tu dis un tas de conneries, Marta.

– Et si tu me le présentais ?

– Ôte-toi cette idée du crâne, ça n'arrivera jamais.

– Tu vois bien que j'ai raison ! Tu l'aimes. »

Elle jeta son mégot par-dessus la balustrade et regagna

l'appartement en chantonnant. Je restai plantée là, les joues en feu, ma cigarette entamée à la main.

Les journées s'écoulèrent rapidement et la plage commença à se vider. La fin août arriva aussi vite qu'un coup de feu. Je préparai ma valise, promettant à Marta et à sa famille de leur rendre visite. Avec l'argent qui me restait, je pris mon billet de train.

Le dernier soir, Marta et moi achetâmes à un marchand ambulant deux bracelets en ficelle marqués de nos prénoms respectifs. Je glissai à mon poignet celui qui portait l'inscription « Marta » et au sien le bracelet vert sur lequel était écrit « Beatrice ». On se promit de les échanger une nouvelle fois à notre prochaine rencontre.

Le lendemain, je partis après le déjeuner.

Je regagnais la Forteresse.

20

J'arrivai à la nuit tombée, ou presque. À la gare, j'avais pris un bus qui m'avait conduite au pied de la colline. La vue des immeubles blancs et silencieux me donna la sensation de suffoquer. Je demandai à un voisin d'Arianna de me prendre en stop. Il me déposa devant chez moi.

Je retrouvais les rues sombres et humides, les recoins nauséabonds, les visages écorchés par une vie difficile et par l'atmosphère pesante qui régnait en ces lieux. La Forteresse était bien différente de ce que croyait Marta. Elle me répugnait.

Tout me paraissait encore plus laid et plus sordide qu'avant. Un instant, j'eus envie de repartir.

Je m'engageai dans l'escalier, entrai dans l'appartement et embrassai mes parents. J'avais pensé qu'Alfredo m'attendrait en leur compagnie, mais je m'étais trompée.

Je laissai ma valise dans l'entrée et m'apprêtai à ressortir.

Je n'étais pas prête à l'admettre, mais je mourais d'envie de le revoir. Je ne m'étais jamais éloignée de lui aussi longtemps.

«Où est-ce que tu vas? me lança Francesco dans le couloir.

– Je monte chez Alfredo.

– Il n'est pas là.

– Il ne savait pas que je rentrais aujourd'hui? Où est-il, bordel?»

L'air bizarre, mon frère courba les épaules et enfonça les mains dans ses poches, avant de bredouiller à contrecœur : «À l'amphithéâtre, je crois.

– Dans ce cas, je vais le chercher.

– Attends, je t'accompagne.»

Je ne comprenais pas pourquoi il me le proposait, mais j'acceptai.

Le soleil était déjà couché, et la Forteresse chuchotait dans le noir. De temps en temps passait une voiture qui projetait inévitablement sur nous un nuage de poussière. Je transpirais, j'avais du mal à respirer à cause de la chaleur. Mais je me réjouissais en imaginant la tête que ferait Alfredo à ma vue, et l'étreinte qui s'ensuivrait.

On atteignit l'amphithéâtre quelques minutes plus tard. Sous ce nom se cachaient les fondations de forme circulaire d'un bâtiment dont l'édification avait été interrompue à l'époque de la première occupation. Un énorme squelette de fer et de béton.

Des marches descendaient jusqu'au centre, où s'étendait un terre-plein couvert de graffitis.

C'était depuis toujours un lieu de retrouvailles où les adolescents de la Forteresse tuaient le temps. On y voyait aussi des dealers, qu'il n'était pas difficile de reconnaître : ils passaient là toutes leurs journées. Quand on avait envie d'acheter de la drogue, un regard appuyé ou un signe suffisait à les attirer. Dans l'amphithéâtre, ils s'enrichissaient. Mais pas avec moi : à dix-sept ans je continuais de fumer du shit, comme les gosses de douze ans.

Je me présentai devant les marches.

Malgré l'obscurité, je reconnus de loin Arianna, assise au milieu de notre bande. La braise de sa cigarette s'éclairait chaque fois qu'elle tirait dessus, et sa tête ébouriffée évoquait une flamme.

Au moment où je m'apprêtai à descendre, Francesco me retint, l'air hébété. «Attends, Bea.

« – Qu'est-ce que je dois attendre ?

– Euh… rien. Je vais en profiter pour piquer une clope à quelqu'un. »

Je n'eus même pas le temps de répliquer que j'en avais : il s'était déjà éclipsé. Le débile.

J'entamai la descente. M'apercevant, mes amis m'interpellèrent. Certains applaudirent, d'autres m'insultèrent en guise de plaisanterie.

Je les rejoignis avec un sourire. Arianna fut la première à m'embrasser. La Forteresse me dégoûtait, pensai-je une nouvelle fois, mais elle m'appartenait, et les membres de notre bande étaient mes amis, pour rien au monde je n'en aurais changé.

« Où est passé Alfredo ? » demandai-je.

J'avais embrassé tout le monde, tiré deux fois sur un joint de bonne qualité, mais je ne l'avais pas encore aperçu.

Des grognements gênés et des petits rires me répondirent. Puis un silence pesant s'installa.

Arianna posait sur moi un regard identique à celui de mon frère. Je me dis qu'ils allaient bien ensemble, qu'ils formaient un couple parfait : ils avaient tous deux le même air stupide.

« Alfredo est là-bas. » Elle indiqua un point au fond, à l'endroit le plus sombre. Il y avait là plusieurs silhouettes qu'il était impossible de reconnaître.

« Qu'est-ce qu'il fout ?

– Je ne sais pas. Va voir.

– Quel con. »

Tout en marchant, je criai son nom. Soudain, j'étais nerveuse.

Une des silhouettes s'écarta et vint vers moi dans un bruit unique : celui des sabots en bois qu'Alfredo portait d'avril à octobre.

Je m'élançai, bien décidée à lui sauter au cou et à le précipiter au sol, selon notre jeu habituel.

Mais je m'immobilisai bientôt : il avançait d'un pas lent et désabusé qui semblait lui coûter des efforts.

« Alfredo ?

– Hé. » Sa voix impatiente, ennuyée.

« Hé, salut. Si je n'étais pas venue te chercher, tu ne… »

Il se planta devant moi, les mains dans les poches de son jean.

Il était bizarre, il ne souriait pas, il fuyait mon regard.

« Ne me dis pas que tu m'en veux encore… »

Il se gratta la tête en grimaçant. Je l'attrapai et le secouai. Il était raide.

« Putain, qu'est-ce qui te prend, Alfredo ? »

Soudain je vis se rapprocher une silhouette noire, minuscule et frêle, semblable à celle d'un enfant.

En réalité, elle appartenait à une fille qui ne m'était pas inconnue. Blonde comme Alfredo, mince comme Alfredo et deux fois plus petite. Le contraire de moi – grande, au teint mat et aux cheveux noirs. Et elle souriait.

Une fois à notre hauteur, elle lui saisit la main avec un naturel que je n'avais jamais montré.

Je dus faire une drôle de tête : son sourire idiot se figea aussitôt.

Gêné, Alfredo se mit à toussoter. « Justement, je voulais t'en parler. »

Maintenant j'avais envie de lui casser la figure. De leur casser la figure. De choquer leurs têtes l'une contre l'autre, comme dans les films d'action de Bud Spencer. De tourner les talons et de partir en courant.

Mais j'éclatai de rire et assénai à Alfredo un coup de poing sur la poitrine en un geste de fausse complicité.

J'aurais aimé lui briser les côtes.

Et je ne savais même pas pourquoi.

Il se détendit un peu et esquissa un sourire.

« Je comprends maintenant pourquoi tu te cachais ! » Ma voix était assurée. Elle ne tremblait pas de rage. Elle était cordiale et gaie. Peut-être un peu stridente, mais gaie.

J'adressai à la fille un sourire, tel le loup au petit chaperon rouge dans le bois. Incapable de comprendre mon état d'esprit, elle me le rendit.

« Salut. » Elle me tendit une main. De l'autre, elle tripotait Alfredo. « Je te connais, je t'ai déjà vue dans le coin. Enchantée, Paola.

– Salut, Paola, enchantée. Moi, c'est Bea.

– Je sais. Tout le monde vous appelle les jumeaux. »

J'eus un rire forcé. Sans doute se croyait-elle drôle. « Eh oui, c'est marrant, non ? »

Pendant ce temps, Alfredo me regardait à la dérobée en traquant des signes de faiblesse sur mon visage. En vain.

« Bon, je vous laisse… à vos occupations. Quand tu seras libre, Alfredo, viens donc prendre un café chez moi. Je te raconterai mes vacances. Et je te montrerai les photos, dès que ma copine me les aura envoyées.

– Bien sûr, Bea. Je passerai. »

Un moment, on se dévisagea. Mon sourire s'éternisait. Je venais d'inviter Alfredo à boire un café, comme une connaissance quelconque. Comme s'il n'avait pas passé les neuf dernières années fourré chez moi.

Il y avait dormi, mangé et pissé. Ma mère lui avait donné le bain et coupé les cheveux. Nous avions partagé le même lit, nos maladies, nos poux.

Et voilà qu'on se conduisait à la manière de deux inconnus. Un sentiment d'égarement s'empara de moi et je vacillai.

Je rebroussai chemin. Mais au bout de quelques mètres, je ne pus résister à la tentation de me retourner. Alfredo et sa nouvelle amie se tenaient toujours immobiles, main dans la main.

Tandis que je m'éloignais, je parvins à entendre la fille glisser d'un ton satisfait :

«Tu as vu ? Je t'avais bien dit qu'elle ne serait pas jalouse.

– T'avais raison. Elle s'en fout complètement.»

Je fonçai tout droit vers ma bande. Je n'avais pas l'intention de faire une scène en public. Ni de gâcher les souvenirs tout neufs de mes magnifiques vacances.

Sur les marches, un silence gêné m'accueillit.

Je compris que mes copains étaient au courant. Ils n'avaient pas eu le courage de m'annoncer la nouvelle, en particulier Arianna, qui avait maintenant les yeux rivés au sol.

«Pourquoi cet air désespéré ?» leur lançai-je avec une fausse indifférence.

J'aurais aimé les tuer l'un après l'autre. Mais cela pouvait attendre.

Ce serait un coup dur, une sacrée surprise : voilà ce qu'ils avaient pensé.

Après avoir vécu neuf ans en symbiose, les jumeaux s'étaient séparés. Alfredo avait, le premier, éprouvé le besoin de se détacher, de couper le cordon, et il s'y était employé de la façon la plus lâche possible : en mon absence, à mon insu. Il savait que je ne l'accepterais pas, bien que ce soit naturel. On avait dix-sept ans. Je n'étais jamais sortie avec un garçon, il n'avait jamais eu la moindre petite amie jusqu'à ce moment-là. Comment avais-je pu imaginer que ça durerait éternellement ?

J'étais trop orgueilleuse pour montrer mes blessures, mais je savais une chose : désormais, tout allait changer.

J'essayais de me consoler en me disant que trois semaines d'absence lui avaient suffi pour me remplacer, pour balayer notre amitié. C'était la preuve qu'il ne m'aimait pas, la preuve qu'il ne m'avait jamais aimée. Il n'était qu'un salaud, une cause perdue. J'avais envie de le bourrer de coups de pied. Mais c'était impossible : je ne voulais pas qu'il comprenne ce que je ressentais.

Le soir, incapable de dormir, je me tournais et me retournais dans mon lit, à la fureur de Francesco qui me flanquait des coups de coude.

« Tu vas arrêter ?

– Pardon. Je n'ai pas sommeil. J'ai perdu l'habitude de me coucher de bonne heure.

– Dans ce cas, dégage, tu m'empêches de dormir.

– C'est ça, je vais aller regarder la télé et fumer un pétard… Ils sont ensemble depuis combien de temps ?

– Qui ?

– Alfredo et cette fille.

– Ah, c'est ça qui t'empêche de dormir !

– Non, c'est juste par curiosité.

– Bof, plus ou moins quinze jours.

– Ils ont baisé ?

– Putain, qu'est-ce que j'en sais ? T'as qu'à le lui demander. » J'aurais préféré qu'on me coupe la langue.

Je repoussai le drap et me levai. J'avais besoin d'un joint, d'une bière. Et de la télé pour m'empêcher de penser.

« Hé, Bea ?

– Quoi ?

– Tu es sûre que ça ne t'ennuie pas ?

– Quoi ?

– Alfredo et la fille.

– Mais non. Pourquoi, ça devrait ?

– J'en sais rien… Mais à mon avis, ça t'ennuie un peu.

– Ferme-la et arrête tes conneries. »

21

Évidemment, ça m'ennuyait.

Ou plutôt, j'en étais malade.

Alfredo n'était jamais là.

Un soir de pluie, je téléphonai à Marta. Mes parents avaient trouvé un travail de nuit, et Francesco était sorti. J'avais dîné seule à la maison, ce qui m'avait rendue triste. Toute la journée, j'avais entendu le sifflement du vent entre deux averses et les hurlements du vieux, particulièrement saoul et agressif depuis quelques temps.

Je rêvais d'entendre autre chose, un bruit étranger à la Forteresse.

Marta était la seule à qui je puisse me confier. Elle me comprendrait. Elle savait tout. Sa voix traînante, ses inflexions douces me manquaient.

Debout devant le meuble du téléphone, je l'écoutai me parler du début de l'année scolaire et du garçon qui l'attirait. J'espérais que cette conversation me distrairait, mais je n'avais qu'une seule pensée en tête, une pensée qui me coupait le sommeil et l'appétit.

« Et toi ? Comment ça va ? demanda-t-elle. Tu as trouvé du boulot ?

– Moi ? Non, pas de boulot. Mais ça va.

– Et Alfredo ? » Elle eut un petit rire. Elle trouvait amusant de parler d'un inconnu comme s'il s'agissait d'un ami.

« Il a une copine. »

Le silence me répondit. J'avais peut-être été un peu brusque.

« Qu'est-ce que ça te fait ?

– Bof, rien.

– Arrête, Bea, ne te fiche pas de moi. »

Ça me fait chier, Marta. Voilà la vérité. Ça me rend dingue. Chaque fois que je les croise dans le quartier, j'ai envie de les tuer. J'essaie de ne pas les regarder, car à leur vue mes boyaux se tordent. Ils passent leur temps à s'embrasser, à se parler tout bas. Je ne sais pas ce qu'ils se disent, mais ils rient. Je n'avais jamais vu Alfredo rire autant. Tu devrais voir ça. Quand la fille le pousse, il la prend dans ses bras. Quand elle lui tire les cheveux, il rit et l'embrasse. Moi, il me tordait le bras jusqu'à ce que je lui demande pardon. Il se mettait en rogne, il m'insultait. Avec cette connasse au petit visage de souris, il n'élève jamais le ton. Il est heureux, je m'en rends compte. Et je déteste ça. Il m'a oubliée, il ne m'adresse presque plus la parole. Il me dit bonjour comme si j'étais quelqu'un d'ordinaire.

Chaque fois que j'entends le bruit de ses pas dans l'escalier en sachant qu'ils ne s'arrêteront pas devant ma porte, j'ai les nerfs en boule et envie de vomir. Tu vas dire que c'est inévitable, qu'on doit tous vivre notre vie, que les gens grandissent et changent, mais j'en ai rien à foutre. Il ne devait pas changer. Ce n'est pas juste.

« Sérieusement, Marta, tout va bien.

– Ce n'est pas vrai. Tu as la voix qui tremble.

– Impossible. C'est la ligne qui est mauvaise.

– Ouais, la ligne… À d'autres !

– Tu te rappelles notre conversation sur la terrasse, quand tu me conseillais de m'installer à Bologne ? Quand on a parlé de… bref, de ces trucs-là ?

– Oui, je me rappelle. Alors ?

« – Alors tu avais raison.

– Bon sang, Bea. Je suis désolée. »

La sonnette retentit.

« Merde, ce sont mes parents, ils sont rentrés plus tôt que prévu. S'ils me pincent, ils me tueront. Il faut que je te quitte.

– Je t'appellerai demain, en rentrant du lycée. On parlera. »

Mon père m'avait interdit d'utiliser le téléphone : on ne s'en servait que pour les appels d'urgence ou pour les vœux de Noël à nos oncles et tantes en Basilicate.

Nous n'avions pas de quoi payer la facture.

Je glissai sur le carrelage usé et atteignis l'entrée. Mais au lieu de me retrouver nez à nez avec mes parents, je me heurtai à Alfredo, trempé des pieds à la tête, les cheveux collés au crâne. Comme un naufragé.

« Salut.

– Salut, Bea. »

La gêne qu'il affichait depuis plusieurs jours m'horripilait. Chaque fois qu'on se croisait, il prenait un air contrit, un air de chien battu.

« Tu as besoin de quelque chose ? »

D'un geste, il indiqua le plafond. « Mon vieux est bourré. Il s'est barricadé chez moi et refuse de me laisser entrer.

– Tes frères ne peuvent pas t'ouvrir ?

– Il est tout seul. Je peux dormir ici ? »

Jusqu'à présent, il ne m'avait jamais demandé la permission. Il se contentait d'entrer et de s'octroyer un bout de mon lit.

J'eus soudain envie de le jeter dehors, de lui dire d'aller coucher chez sa nouvelle copine, ou crever ailleurs.

Mais je m'écartai et l'invitai à entrer. Ses sabots laissèrent des marques boueuses sur le sol propre.

« Où étais-tu ? Tu es trempé.

– Je faisais un tour avec Paola.

– Ah oui. Elle est mignonne, hein ?

– Elle me plaît.
– Vous baisez ? » Je n'avais pas pu me retenir.
« Bien sûr.
– Super. Moi aussi, je l'ai fait, tu sais. »
Il pivota, comme foudroyé.
« Avec qui ? » Son air abasourdi était si comique que ça aurait
mérité une photo.
« Un mec à la mer. Tu veux bien aller te sécher ? Tu inondes
l'appart. »
Il alla à la salle de bains d'un pas traînant pendant que je
m'allongeais sur le canapé et allumais la télé.
J'avais menti pour ne pas être en reste : je ne voulais pas qu'il
se croie supérieur à moi.
« Alors, c'est qui, ce mec ? » demanda-t-il en réapparaissant
sur le seuil du salon. Il avait enfilé un tee-shirt et des chaus-
settes bleues de mon frère. Dans ces vêtements trop courts, il
était ridicule.
« Je te l'ai dit, un mec rencontré à la mer.
– Il était comment ?
– Beau. Et la baise, tu veux savoir comment c'était ?
– Ouais.
– C'était super.
– Tu comptes le revoir ?
– Ouais. Je l'attends le mois prochain.
– Ah.
– Si tu veux, tu peux aller te coucher.
– Tu ne viens pas ?
– Non, je regarde un peu la télé.
– Bonne nuit, Bea.
– Bonne nuit. »
Je décapsulai une bouteille de bière et la bus. À travers la
paroi, j'entendis le sommier grincer. Alfredo cherchait le
sommeil.

J'attendis qu'il s'endorme. Quand le bruit cessa, je quittai le canapé et pénétrai dans la chambre.

Je m'étais trompée : il ne dormait pas.

« Le film est terminé ? » interrogea-t-il, allongé de travers, un bras sur le front.

Dehors, c'était le déluge universel. Impossible de sortir. J'étais bien obligée de rester là.

« Oui. Dors.

— Non, bavardons un peu.

— Je n'ai pas envie, je suis crevée.

— Putain, qu'est-ce que tu as depuis quelques jours, Bea ? Tu es bizarre.

— Je n'ai rien.

— Si.

— La mer me manque. Là-bas, tout est mieux qu'ici. Les gens aussi. J'aimerais les revoir.

— Tu parles de ce mec ?

— Pas seulement. De mes copains.

— Tes copains sont ici.

— Je préfère ceux de la mer.

— Tu n'es qu'une salope !

— C'est ça. Mieux vaut que je ne te dise pas ce que tu es, toi. »

Il se redressa d'un coup. Pour la première fois depuis longtemps, on se dévisagea. Je pus scruter ses yeux verts écarquillés. Ses mâchoires serrées, contractées. Il semblait retenir son souffle.

« Dis-le ! Vas-y ! Je vais te casser la gueule.

— Tu en serais capable, espèce de con. » Au lieu de m'effrayer, ses menaces me rendaient encore plus désagréable.

« C'est toi qui m'y forces.

— Je te tuerais volontiers, mais je ne veux pas poser les doigts là où cette fille pose les siens.

– Ah, voilà ! Tu es jalouse. Ne t'inquiète pas, Beatrice. Je ne te laisserais jamais poser les doigts là où elle pose les siens. Toi, tu ne me fais pas bander. »

En un clin d'œil, notre discussion s'était engagée dans une direction dangereuse et avait atteint un point de non-retour.

Furieuse, je lui sautai dessus et lui griffais la poitrine et le cou. Je mordis son épaule. Son sang avait un goût amer, métallique, et je le lui recrachai dessus.

Il me souleva et m'envoya valdinguer à l'autre bout de la pièce.

Séparés par le grand lit, en nage, nous nous dévisagions dans le noir, furibonds.

Jamais je n'avais éprouvé autant de haine qu'à cet instant.

Et jamais je n'avais éprouvé autant d'amour que pour lui, à cet instant.

Immobile, la gorge remplie de larmes, l'estomac noué.

Immobile devant lui, priant pour qu'il me frappe : alors il ne serait plus resté que de la haine en moi.

Immobile dans ce silence brisé par des halètements, j'avais envie de le mordre à nouveau, mais tout doucement. Envie de l'embrasser. De faire l'amour avec lui.

Soudain, il éclata de rire. D'un rire mauvais, d'un rire de fou. Il s'approcha, me saisit par le bras et retroussa la manche de mon tee-shirt pour examiner l'endroit où il m'avait brûlée. Il hocha la tête sans se départir de son sourire.

« C'est à cause de ça, hein ? Tu voulais me le faire payer. Je t'ai marquée, alors tu me marques. Le fer contre les dents. Bravo, Bea. Tu me surpasses toujours. »

Je gardai le silence. Si j'avais ouvert la bouche, j'aurais probablement hurlé ou pleuré, ou encore je l'aurais imploré.

« Tu ne piges que dalle. Tu ne penses qu'à toi, tu te fiches complètement des autres. Une seule chose compte : que tu sois bien. Toi, il n'y a que ça qui compte. Tu me dégoûtes, Bea. »

J'avais baissé la tête. Il m'obligea à la relever. Je ne voulais pas qu'il se rapproche autant. Pas de cette manière.

«Tu sais pourquoi je sors avec cette fille? Tu sais pourquoi? Tu as trouvé une explication? Parce qu'elle est tendre. Parce qu'elle est gentille. Parce qu'elle ne se croit pas obligée de me faire la guerre du matin jusqu'au soir. Toi, tu prends, mais tu ne donnes jamais rien. Tu es un prédateur. Et moi, je ne veux pas me mettre avec un prédateur.

– Comment tu oses? Tu es comme moi! Tu te conduis de la même manière que moi et tu te permets de me juger, de me faire la morale!

– Justement, on est pareils. Tu ne m'aimes pas, et donc je ne t'aime pas. Point final. J'en ai marre de toi.»

Il pivota. Je vis son dos blanc disparaître dans le couloir.

Je restai collée contre le mur, irrémédiablement encastrée en moi-même.

Attends. Attends, Alfredo. Je me fiche pas mal que tu aies couché avec cette fille, reviens et faisons comme si de rien n'était. Je ferai semblant de l'apprécier. De me réjouir de ton choix. Je ne dirai plus rien. Mais reviens.

J'entendis la porte d'entrée claquer.

22

Alfredo cessa de m'adresser la parole.

Il désertait son appartement jour et nuit. En vain, je tendais l'oreille dans l'espoir d'entendre ses pas retentir dans l'escalier.

Parfois, je le voyais jouer au foot avec nos copains sur des terrains improvisés. Je le rencontrais au bar, ou assis sur un banc avec la fille. Il ne se tournait jamais vers moi. On aurait dit qu'il ne me voyait pas, que j'étais transparente. Si je l'avais obligé à me regarder, ses yeux seraient probablement restés vides.

Il m'en voulait à tel point qu'il avait préféré quitter son appartement plutôt que de risquer de m'entrevoir.

Du coup, j'allais voir Andrea et Massimiliano quand le vieux n'était pas trop agressif. Je m'attardais souvent. Pour plaisanter, Massimiliano me proposait de prendre la place d'Alfredo, précisant qu'Andrea et lui gagneraient au change. Je soupirais. Je refusais qu'on mentionne ce nom en ma présence.

En réalité, si je montais chez eux c'était parce que j'appréciais la compagnie de Massimiliano. Il n'avait que trois ans de plus qu'Alfredo, mais il me paraissait beaucoup plus âgé et plus mûr.

Il me comprenait. Il devinait ce que je pensais. Il était inutile de parler : quand il me voyait sombre, il glissait un bras autour de mes épaules et me secouait un peu. Il avait peut-être pour moi plus d'affection qu'Alfredo n'en avait jamais eu. Oui, certainement plus. Du reste, ce n'était pas difficile.

« Bea, laisse tomber, pourquoi t'infliger ça ? me lançait-il pour me remonter le moral.

– Quoi ?

– Laisse-le tranquille. En ce moment, il est occupé, mais il reviendra. Je le connais. »

Or les jours s'écoulaient et il ne revenait pas. Pendant ce temps, je m'étais enracinée chez lui.

Mes parents me demandaient ce qu'Alfredo devenait, pourquoi il ne se montrait plus.

Je finis par avouer que nous nous étions disputés.

« Comme d'habitude. Vous ne faites que ça », commenta ma mère. Son ironie me portait sur les nerfs.

Je ne supportais plus personne. Je pris l'habitude de passer mes journées à déambuler dans la Forteresse, je parcourais des kilomètres en solitaire.

Quand j'avais de l'argent, j'achetais de l'alcool. Mais la plupart du temps, j'étais à sec.

Je n'avais pas de travail, et pourtant l'argent manquait à la maison. Mes parents touchaient une indemnité de chômage misérable qu'ils arrondissaient non sans mal par des emplois ponctuels.

J'étais donc sans argent, sans boulot, sans bière. Et parfois même, sans cigarettes.

Les journées étaient interminables, il me fallait bien tuer le temps. Trouver une raison pour me lever le matin.

J'avais une idée fixe.

Je voulais perdre ma virginité, je voulais être à égalité avec Alfredo.

De notre groupe, j'étais la dernière à ne pas avoir sauté le pas. Malgré mes dix-sept ans, mes expériences sexuelles se limitaient à un baiser sous l'auvent de l'aumônerie. Même ma mère avait de l'avance sur moi !

Arianna s'était débarrassée de sa virginité à l'âge de treize ans avec un garçon plus vieux. Les trois autres aussi m'avaient devancée : Cristina, d'un an plus âgée, était enceinte de cinq mois. Silvia était sortie un moment avec Enrico, qu'elle avait quitté parce qu'il allait de fille en fille. Maintenant elle nous décrivait ses coucheries avec son nouveau copain. Enfin, il y avait Michela. Elle était sympa, mais si moche qu'aucun garçon ne voulait d'elle, à l'exception peut-être d'Enrico une ou deux fois.

J'étais donc la dernière. Et moi, je n'étais pas moche.

J'avais juste gaspillé neuf années de mon existence collée aux fesses d'un débile, si bien que tout le monde me croyait avec lui. Et si j'affirmais qu'il n'en était rien, c'était en pure perte : personne n'avait tenté sa chance.

En fin de compte, j'étais peut-être très moche.

J'envisageai de demander son opinion à Alfredo avant de me rappeler qu'il ne m'adressait plus la parole. Mais il m'avait dit, je m'en souvenais, que je ne le faisais pas bander.

À cette pensée, j'enrageais. J'allai au bar, pris une bière à crédit en affirmant que mon père la paierait, puis me rendis à l'amphithéâtre.

Il y avait un beau coucher de soleil automnal, où se mêlaient les tons d'or, de rouge et d'orange.

Les garçons de notre bande avaient improvisé un match de foot sur le terre-plein.

Je m'installai sur une marche pour réfléchir. Et déterminer lequel d'entre eux allait me dépuceler.

D'après Arianna, les choses étaient plus faciles pour les filles : on n'avait pas besoin d'être belles ou riches, ni d'avoir une grosse voiture. Il suffisait d'écarter les jambes. Je choisirais un des garçons qui jouaient au foot en contrebas. Un garçon pas compliqué, qui ne créerait pas de problèmes. Je les passai en revue :

Enrico n'était pas mal, mais il sautait la première venue. Trop facile. Sandro était plus petit que moi, Maurizio avait mauvaise haleine, Valerio sortait avec Cristina, Stefano était tellement bête qu'il lui aurait fallu plusieurs années pour me comprendre ; quant à mon ancien meilleur pote, inutile d'y penser.

Je devais chercher ailleurs. Suivre peut-être l'exemple de mes copines, miser sur un garçon plus âgé, plus expérimenté.

Dans la lumière du couchant, les cheveux d'Alfredo flamboyaient. En le regardant courir et peiner derrière le ballon, je me disais qu'il ne ressemblait en rien à Massimiliano, son frère. Les cheveux exceptés. Tous deux étaient d'une blondeur inouïe.

Massimiliano avait vingt ans ; surtout, il était beau. Je le connaissais depuis toujours, il m'aimait bien et n'avait pas de fiancée. Il me fallait juste le persuader de coucher avec moi, ce qui ne paraissait pas très difficile.

Certes, Alfredo m'aurait écorchée vive en l'apprenant, mais cette idée ne manquait pas de charme.

Je terminai ma bière, m'essuyai la bouche avec le dos de ma main.

Je savais que je n'en aurais jamais le courage.

23

L'occasion finit toutefois par se présenter.

Oui, j'étais une fille, et Arianna avait raison : il suffisait d'être prête à écarter les jambes. N'importe quel garçon ferait l'affaire pourvu qu'il me plaise un peu.

J'étais allée acheter de l'herbe avec Arianna chez un dealer plutôt correct, puisqu'il nous en donnait toujours un peu plus pour notre argent. En réalité, Arianna avait flashé sur lui.

Pourtant, il était plutôt ordinaire : grand, maigre, environ vingt-cinq ans, les cheveux courts et noirs. Ni beau ni laid, le genre de mec qui passe inaperçu et qu'on oublie immédiatement.

Calabrais, il vivait depuis deux ans à la Forteresse, où désormais tout le monde le connaissait. J'ignorais quel était son vrai nom. On l'appelait Karma. Mais si Arianna était folle de lui, il me laissait indifférente.

Il habitait un immeuble à la porte d'entrée enfoncée.

Le hall, couvert de graffitis, sentait la pisse et, à cause du plafonnier cassé, baignait dans une pénombre qui ne parvenait pas à dissimuler les saletés poisseuses dont le sol était jonché. On ne l'avait sans doute pas nettoyé depuis des décennies. Un immeuble encore plus détérioré que le mien : chez moi, au moins, personne ne pissait. À l'exception, bien sûr, du père d'Alfredo qui s'oubliait de temps en temps sur son palier.

Dans l'ascenseur, à l'arrêt au rez-de-chaussée, un mec dormait ou gisait, mort – c'était difficile à établir. On monta donc à pied.

Karma nous attendait au sixième étage, sur le seuil de son appartement. Il nous avait peut-être entendues gravir les marches.

« Salut, mes beautés. Vous voulez un café ? » C'était un dealer pas comme les autres. Il s'installait à la cuisine, vous préparait un café, vous racontait sa vie ou écoutait la vôtre, selon ses humeurs. Il entretenait avec ses clients une relation presque amicale.

Quand il avait terminé, il vous donnait ce dont vous aviez besoin, après quoi vous payiez et repartiez.

Il nous précéda dans son appartement, qui produisait un effet surprenant tant il contrastait avec le hall et l'escalier. Propre, astiqué, il était rempli d'objets coûteux – vases anciens, tableaux, un grand téléviseur et des tapis persans. Comme dans les films. Arianna prétendait qu'il y avait même un jacuzzi dans la salle de bains, du jamais vu par ici.

Officiellement, Karma avait un copain qui possédait une boutique d'ameublement fréquentée par des célébrités, et qui lui offrait les invendus ou les lui cédait à des prix défiant toute concurrence. Mais on savait tous qu'il cambriolait les riches et se réservait les objets qui lui plaisaient.

Personne, à la Forteresse, n'aurait jamais pu se procurer honnêtement une chaîne stéréo identique à celle qui trônait dans son salon. Pas même en solde.

On pénétra dans la cuisine au bout du couloir. Un mec était assis à la table devant un coffret vert, ou plutôt une caisse bourrée de billets de banque, qu'il comptait méticuleusement en les regroupant par liasses. Rien que des coupures de cent mille lires.

« Il vient de recevoir son salaire », lança Karma en riant.

Le mec leva la tête : ses traits étaient identiques à ceux du dealer. Il sourit et nous dévisagea, s'attardant surtout sur moi. « Je travaille dans une banque, mes mignonnes.

– Avec une cagoule ? » demandai-je.

Il éclata de rire, bientôt imité par Karma, qui déclara : « Les filles, je vous présente mon frère, Cristiano. Il est arrivé hier de Cosenza. »

Quelque chose me disait que ce n'était pas une visite à caractère purement fraternel. En tout cas, c'était indéniable : les deux garçons avaient un lien de parenté, ils se ressemblaient comme deux gouttes d'eau. Cristiano était juste plus large d'épaules, et il avait un air de fils de pute qui n'était pas pour me déplaire.

Karma poursuivit les présentations. « Cristiano, voici deux bonnes copines, mais ne me demande pas leurs prénoms, je les oublie toujours.

« Comment tu t'appelles ? me jeta Cristiano.

– Beatrice. Vous êtes jumeaux ?

– Ça ne se voit pas ?

– Ah ça oui ! »

Ce serait marrant de raconter que j'avais couché avec un jumeau, me dis-je. Tout le monde penserait à Alfredo et l'équivoque déchaînerait les langues pendant des mois. Oui, ce serait marrant. Vraiment marrant.

« Pourquoi tu ris ?

– Je pensais à un truc.

– T'as quel âge ?

– Dix-sept ans. Et toi ?

– Vingt-six. Putain, t'es une gamine !

– Ça te gêne ? Tu sais, je suis plutôt dégourdie. » Du coin de l'œil, je remarquai l'expression stupéfaite d'Arianna, qui se demandait ce qui me prenait. Mais je ne pouvais pas me permettre d'être timide. Ce mec convenait parfaitement à mes plans, il m'offrait une occasion en or. Je le regardai fixement pour qu'il comprenne mes intentions.

Karma posa une tasse de café devant moi et me proposa du sucre.

Je répondis que j'aimais tout ce qui avait un goût amer.

Cristiano baissa alors la tête et se remit à compter : le moment était passé, j'avais perdu à ses yeux tout intérêt. J'étais peut-être trop jeune pour lui, conclus-je, déçue.

Après le café, on paya le shit et on se leva. Karma nous raccompagna à la porte et nous regarda descendre, un grand sourire aux lèvres.

« Il est bizarre, ce mec », murmurai-je. En vérité, je n'aimais pas le dealer : c'était le genre de type capable de tuer en traître. Malgré ses trafics dangereux, son frère paraissait plus sain d'esprit.

« Bof, je trouve pas. Il est cool. Et il a un super appart.

– Je flippe toujours un peu quand on va chez lui. Il me rend nerveuse.

– Pourquoi ?

– Je ne sais pas. Imagine qu'il pète un câble et qu'il nous bute... Il en a l'air capable. Il pourrait même nous violer.

– Inutile qu'il me viole, je suis toute prête à baiser avec lui.

– Quelle salope ! »

Je la poussai en riant.

Étant un étranger, un nouveau venu à la Forteresse, Karma était obligé de se tenir à carreau. Au moindre faux pas, son bel appartement serait brûlé, et lui avec.

« Beatrice ? C'est bien ton nom ? » La voix profonde de Cristiano avait retenti dans la cage d'escalier.

« Ouais, répondis-je d'une voix qui me parut elle aussi déformée. Ouais, c'est mon nom.

– Tu veux qu'on sorte ensemble ?

– Rendez-vous à l'amphithéâtre.

– Quand ?

– Demain soir. »

24

Le lendemain soir, je me présentai à l'amphithéâtre à dix heures et demie, vêtue d'une jupe. Je n'avais pas mis de collants, malgré le froid de ce mois d'octobre. Ça faciliterait les choses : je ne serais pas obligée d'ôter ma culotte.

Je l'écarterais, tout au plus.

Sur les marches était réunie notre bande au complet. Comme d'habitude, ça glandait. Certains renvoyaient un ballon contre le mur, la plupart se roulaient pétard sur pétard. L'odeur de shit aurait suffi à elle seule à vous défoncer. Un peu à l'écart, se tenaient Alfredo et Paola.

Ça faisait un bon bout de temps, maintenant, qu'ils étaient ensemble. C'était la preuve qu'ils étaient amoureux.

Écœurée, je m'assis du côté opposé en évitant de les regarder, même s'ils ne l'auraient sans doute pas remarqué.

Ils étaient trop occupés à s'avaler mutuellement.

L'amphithéâtre était plutôt sombre, mais j'y voyais bien. J'aperçus Cristiano.

Grand, athlétique, les épaules larges, il portait un perfecto en cuir noir. Il marchait à grandes enjambées en se balançant, les mains dans les poches. J'avais bien choisi, me dis-je, il arrachait vraiment, toutes les filles m'envieraient et me réclameraient des détails.

J'attendis qu'il soit à ma hauteur pour sauter sur le terre-plein.

Je voulais que tout le monde le voie. Je voulais que tout le monde sache que j'avais un mec.

Je l'appelai. Il s'approcha et m'embrassa sur les joues.

« On fait un tour ? proposai-je.

– C'est toi qui es du coin, poupée.

– Alors suis-moi. »

Il passa un bras sur mes épaules. Je glissai le mien autour de sa taille et m'éloignai sans un au revoir.

Je sentais les yeux d'Alfredo me brûler le dos.

« Comment ça se fait que tu aies tout de suite accepté ?

– Quoi ? »

Après un tour dans le quartier, il avait acheté deux bières au bar. En marchant, nous avions atteint la partie la plus isolée de la Forteresse, non loin de la maison écroulée où j'étais autrefois allée avec Alfredo.

Personne ne fréquentait cet endroit car il n'y avait là qu'une pelouse et des bancs abîmés, les squelettes d'anciennes balançoires et une palissade en bois pourri. Derrière la palissade, une pente couverte d'ordures et, au bout, la route à grande circulation.

Plus loin, les lumières de la ville brillaient comme des éclats de verre.

Le jour, les cheminées de la zone industrielle ainsi que le fleuve sale aux rives hérissées de baraques offraient un spectacle répugnant. La nuit, la laideur se dissipait dans le noir et c'était presque agréable.

« Je me demandais pourquoi tu avais accepté de sortir avec moi.

– Je n'aurais pas dû ?

– Je ne sais pas. Là où j'habite, les filles ne sortent pas avec des inconnus. »

Je haussai les épaules. «Je connais ton frère, ça me suffit.

– Mon frère est dingue.

– Ça veut dire que tu as, toi aussi, une case en moins?»

Il avait un beau sourire qui se mariait bien avec son regard de p'tit malin. «Non, je suis normal.

– Mais tu es braqueur.

– C'est toi qui le dis.

– De toute façon, tu ne l'avoueras jamais.

– Exactement.»

Je me demandais quand il se déciderait à passer à l'acte. Cela faisait une demi-heure que nous bavardions, serrés l'un contre l'autre, en regardant ces putains de lumières, au loin. Il ne m'avait toujours pas embrassée.

J'avais hâte de retourner à l'amphithéâtre et de tout raconter aux copines.

En exagérant les faits, si nécessaire.

«Pourquoi tu ne m'embrasses pas?»

Ça marchait peut-être comme ça. Il fallait demander. De fait, il garda le silence puis m'embrassa. Il s'y prenait plutôt bien. Sa bouche avait un goût agréable de tabac et de bière.

J'enfonçai la langue. Il posa alors une main sur mon genou et, constatant que je ne portais pas de collants, remonta le long de la cuisse. Je réprimai mon envie de le repousser et de serrer les jambes.

Je devais aller droit au but, sinon je perdrais mon courage.

«Et si on baisait?

– Hé, t'es une rapide, toi!

– Pourquoi? Je ne te plais pas?

– Si, beaucoup. Surtout parce que tu es très… directe.

– Alors qu'est-ce qu'on attend?

– Tu veux faire ça ici?

– Il n'y a personne.»

Je me moquais complètement de ce qu'il penserait de moi.

Il était mignon et il avait entre les jambes ce dont j'avais besoin. Si ce n'était pas lui, ce serait un d'autre.

Je voulais juste satisfaire ma curiosité, être au même point que les autres, voir comment c'était.

Et ce ne fut pas terrible.

Je le laissai m'allonger sur la pelouse humide et écarter mes jambes.

Je fermai les yeux tandis qu'il se couchait sur moi, priai pour que ce ne soit pas trop douloureux et qu'il ne se rende pas compte que j'étais vierge. Cela pouvait créer des problèmes. Il risquait de renoncer ou de déconner.

Il eut du mal à me pénétrer. Je pestai en moi-même, respirai profondément et dis que j'étais étroite, qu'il fallait pousser.

Il m'obéit et me prit entièrement, emportant ma virginité. Je me mordis l'intérieur de la joue pour éviter de pleurer. Ça faisait un mal de chien.

J'avais le dos glacé et les cheveux mouillés, tant l'herbe était humide.

Je me tenais là, la jupe retroussée, les bras croisés sur la poitrine. Il me saisit les mains et les posa sur ses épaules : il voulait que je l'enlace. Je n'en avais pas la moindre envie, je n'avais même pas envie qu'il me touche. Le supporter en moi était déjà assez difficile comme ça. J'essayai de me distraire en observant le ciel, les balançoires rouillées, les immeubles qui se noyaient dans le noir, mais c'était presque impossible.

Ses mains, ses jambes. Ses coups de reins qui continuaient de me faire mal. Son haleine chaude au goût de bière et de cigarette sur mon visage.

Je devais penser à quelque chose de beau. Sinon j'allais fondre en larmes.

Je fermai les yeux, pris une respiration. Je n'étais pas allongée sur une pelouse pelée, et quelqu'un d'autre était couché sur moi. Un acteur de télé, ou un chanteur beau et célèbre qui interprétait de poignantes chansons d'amour, ou encore un footballeur qui avait remporté la Coupe du monde. Juste quelqu'un qui m'aimait un peu.

Un chat était assis au bord de la pelouse. Sans se soucier de nous, il se léchait les pattes. Je me concentrai sur lui jusqu'à ce qu'il disparaisse de l'autre côté de la haie.

Maintenant je n'avais plus rien pour me distraire.

Heureusement, ça ne dura pas longtemps. J'éprouvai un véritable soulagement quand il se retira. Baiser me dégoûtait ; en ce qui me concernait, c'était terminé. Comment Arianna pouvait-elle aimer ça ?

On se redressa. J'arrangeai ma jupe et allumai une cigarette. Dans les films, c'était ainsi qu'on se conduisait. Il me caressa la tête et me demanda si ça m'avait plu. Je me forçai à sourire puis répondis par l'affirmative.

Il étendit son perfecto sur mes jambes. Il voulait être gentil, alors que je n'avais qu'une seule envie : déguerpir.

Je lui dis que je n'avais pas le droit de sortir au-delà d'une certaine heure, que je devais me dépêcher de rentrer, sinon mon père me tuerait. Il ne me proposa pas de nouveau rendez-vous, de toute façon je n'aurais pas accepté.

Maintenant que j'avais obtenu ce que je souhaitais, tout l'intérêt qu'il avait éveillé en moi s'était envolé. Même ses yeux avaient perdu leur charme.

Je le saluai rapidement, comme on salue une connaissance entrevue dans la rue. On se sépara sur la place principale, après quoi je me précipitai à l'amphithéâtre, saisie à chaque pas d'un élancement qui me coupait le souffle.

Jamais je n'avouerais à personne que cela m'avait dégoûtée, que j'avais prié pour que cette torture s'achève le plus vite possible. Je ne comprenais pas l'intérêt et le bruit que suscitait ce truc vomitif. J'avais certainement un problème, j'étais tarée de naissance, mais je m'en fichais. Je frissonnais de dégoût en repensant à la scène qui venait de se dérouler.

Une fois à l'amphithéâtre, je grimpai non sans mal sur la première marche et jetai un coup d'œil en contrebas, vers le terreplein. Me voyant, Arianna se leva et courus vers moi.

« Bea ! Putain, Bea, Alfredo te cherche partout ! Il est fou de rage, personne n'a réussi à l'arrêter. Rentre chez toi avant qu'il te trouve ! » Sa voix trahissait de l'inquiétude ou, pour être plus précise, de l'hystérie.

« Il me cherche ? Qu'est-ce qu'il me veut ?

— Je ne sais pas. Il a une tête épouvantable, je ne l'ai jamais vu comme ça... Il a juste dit qu'il allait vous casser la gueule. Bea, s'il te plaît, rentre... »

Elle n'eut pas le temps de terminer sa phrase : Alfredo était apparu sur les marches. Il blêmit à ma vue.

La situation était surréaliste et ridicule. Je me tournai vers Arianna pour le lui dire, mais elle avait déjà filé.

« Où est-ce que tu étais ? » me lança-t-il, en nage. Il avait sans doute parcouru tout le quartier à ma recherche. Cette idée ne me déplaisait pas : il le méritait.

« Ce ne sont pas tes oignons.

— Tu es habillée comme une pute. Tu tapinais ?

— C'est possible. Et alors ?

— Je vais te tuer, Bea. Je jure que je vais te tuer. Tu as baisé avec lui ?

— Si je te raconte les détails, tu te feras une branlette ? »

Il recula de quelques pas, respira profondément et se rapprocha. Le défier m'amusait. Je voulais voir jusqu'où je pouvais aller, à quel point cette histoire le blessait et de quelle façon.

« Tu n'es qu'une salope ! Tu me dégoûtes. Tu as réussi à baiser avec ce crétin de Karma. »

Je souris, heureuse : j'avais enfin l'occasion de lui jeter ma réplique au visage.

« Ce n'était pas Karma. C'était son jumeau. »

Ses yeux s'agrandirent au point d'occuper tout son visage, ou presque, et ses mains se mirent à trembler. Il avait compris la raison de mon choix.

Quelque chose d'extrêmement dur heurta alors ma pommette et projeta ma tête sur le côté. Un bruit semblable à celui d'une bouteille qu'on vient de déboucher résonna en moi, et aussitôt le sang jaillit de mon nez.

Je ne bronchai pas : je n'avais pas l'intention de lui offrir cette satisfaction. Je me tournai lentement vers lui sans même tenter d'arrêter le sang qui coulait sur mes lèvres et mon menton.

Toutes nos rencontres se terminaient ainsi : par des coups et du sang.

Nous n'étions pas faits pour vivre au même endroit.

« Allons-nous-en, Bea, je te raccompagne. » Désormais sa voix ne trahissait plus qu'une souffrance sourde, de la résignation face à l'idée de devoir aimer un être qui le torturait.

Il chercha dans les poches de son jean un mouchoir qu'il n'avait pas, puis ôta son sweat-shirt, qu'il roula en boule et me tendit.

Le froid lui donna la chair de poule.

Je me protégeai le visage derrière les mains : je refusais de m'essuyer avec quoi que ce soit qui lui appartienne.

Il écarta mes poignets, l'air très las, en proie à une tristesse trop profonde pour que je sois capable de la comprendre.

Il posa une main sur ma nuque et, de l'autre, écrasa son sweat-shirt sur mon nez, comme s'il voulait m'étouffer. Soudain, le monde qui nous entourait disparut.

Il n'y avait plus que lui qui tremblait de froid, il n'y avait plus que moi dont le nez et la bouche étaient en sang, et ce coton blanc qui absorbait tout le mal qu'on se faisait.

25

Quand j'eus cessé de saigner, Alfredo m'entraîna. Il avait remis son sweat-shirt où je voyais la tache formée par mon sang.

L'amphithéâtre était bondé. Tout le monde se trouvait là, mais personne ne parlait. Je sentais les regards pointés sur nous et ce silence irréel me remplissait d'angoisse. Marcher me coûtait: j'avais également mal entre les jambes. Je saignais peut-être de là aussi, mais je ne m'arrêtai pas pour vérifier.

On quitta le terre-plein pour s'engager dans les rues sombres qui menaient à notre immeuble.

Alfredo avançait d'un pas rapide en regardant droit devant lui. J'essayai de refouler mes larmes.

C'était déjà assez humiliant comme ça.

« Je couche chez toi ce soir », me lança-t-il dans l'escalier. Je n'en avais aucune envie, mais j'avais peur qu'il me frappe une nouvelle fois, aussi je me gardai de protester.

On pénétra dans l'appartement en nous efforçant de faire le moins de bruit possible. Mais mon père ne dormait pas.

« Francesco?

– Non, papa, c'est moi, Bea. Je suis avec Alfredo. » J'espérais qu'il n'aurait pas l'idée de se lever.

Je ne voulais pas être obligée de lui expliquer pourquoi nous étions couverts de sang. Surtout, je ne voulais pas qu'il sache à qui ce sang appartenait.

Par chance, il préféra rester au lit.

« Ne faites pas de bruit. Maman dort », marmonna-t-il en se retournant dans un grincement de ressorts.

Francesco n'était pas encore rentré. Il passerait probablement la nuit dehors, ce qui m'obligerait à dormir en tête à tête avec Alfredo.

Ce dernier m'entraîna de force à la salle de bains, ferma la porte à clef et ouvrit le robinet du lavabo.

Puis il ôta son sweat-shirt et le jeta dans le panier à linge.

« Il t'a brutalisée ?

— Qu'est-ce que tu veux dire ?

— Je dis que tu n'arrives même pas à marcher normalement. Qu'est-ce qu'il t'a fait ?

— Comment tu as pu me frapper devant tout le monde ? Comment ?

— Je réserve à ton copain quelque chose de pire si tu ne me réponds pas immédiatement.

— Personne ne peut me brutaliser, tu le sais bien. Pas même toi. Tu me le paieras, Alfredo.

— Tais-toi et viens là. »

Il s'empara d'un peu de papier hygiénique, le plaça sous le jet d'eau et le passa sur mon visage. Je n'opposai aucune résistance, alors que je mourais d'envie de lui cracher dessus.

« Ça t'a plu, au moins ? »

J'aurais aimé répondre oui. Dire que ça m'avait plu. Que ça avait été fantastique.

Je me contentai de secouer la tête.

Ça m'a fait mal, voilà tout. C'était sordide. Je veux tout oublier.

« Alors pourquoi tu as accepté ?

— Je ne sais pas. Je voulais essayer.

– T'imaginer avec ce mec… ça m'a rendu dingue. Il aurait pu te faire des trucs bizarres…

– Pourquoi faut-il toujours que tu essaies de me protéger ?

– Parce que tu as tendance à te faire du mal.

– Qu'est-ce que ça peut te foutre ? Tu ne m'adresses plus la parole, tu ne me regardes même plus. Tu passes ton temps avec cette fille. Si je mourais, tu ne t'en apercevrais même pas.

– Arrête de déconner, Bea. Ce n'est pas parce que les gens ne sont pas comme on voudrait qu'on cesse de les aimer. Cette façon de te faire du mal… Je déteste ça. Tu me fais du mal à moi aussi. »

Je ne parvins plus à retenir mes larmes : j'avais déjà trop résisté. La douleur physique et celle que j'éprouvais au fond de moi étaient trop fortes. J'avais l'impression d'avoir des épines dans la gorge.

Je me jetai à son cou en sanglotant. Je pressai le visage contre sa poitrine. Je ne voulais pas qu'il me voie pleurer.

« J'en peux plus, Alfredo ! J'en peux plus !

– Pourquoi ? Si tu ne me dis pas ce que tu as, je ne pourrai pas t'aider, Bea. Il faut que tu me parles.

– Je ne peux plus te voir avec cette fille. Ça me fait souffrir ! Et penser que tu la préfères à moi… ça me rend dingue !

– C'est quoi cette connerie ? Qui t'a dit que je la préfère à toi ? »

Il me saisit par les coudes et me repoussa pour m'obliger à le regarder dans les yeux.

« Qui t'a dit que je la préfère à toi ? Dis-moi d'où tu tiens ça !

– Mais c'est évident ! Depuis que tu es avec elle, je n'existe plus !

– Bordel de merde ! Utilise un peu tes méninges ! Tu as vu comment tu t'es conduite avec moi, hein ? Qu'est-ce que j'étais censé faire, hein ? Encaisser tes coups sans réagir ? »

Je baissai la tête en reniflant. J'avais un goût de sang dans la bouche. Je ne savais pas quoi répondre.

Il avait raison.

«Viens là, espèce de conne, viens. Tu es débile, je devrais te tuer. Embrasse-moi. Tu m'as manqué.»

Nous étions là, dans cette salle de bains entamée par le calcaire, au sol tout écorché, et ce garçon maigre me serrait contre lui en couvrant de baisers mes cheveux, mon visage, en suçant mes larmes. Ma peau brûlait sous les vêtements.

«Alfredo, s'il te plaît, quitte-la.»

Il soupira, m'étreignit plus fort et répondit:

«D'accord, Bea, je vais le faire. Pour toi. Si tu es si mal, je la quitte, et on recommence tous les deux comme avant. Mais s'il te plaît, ne pleure plus, ça me rend malade.»

Je m'essuyai les yeux sur les manches de mon tee-shirt. «Je ne pleure plus, je te le promets.

– Allez, on va se coucher.»

Ma culotte était pleine de sang. Je m'en débarrassai avec dégoût, enfilai mon pyjama et regagnai ma chambre.

Alfredo était déjà au lit.

Je m'allongeai et me serrai contre lui. Dans le noir, il embrassa mes doigts.

«Alfredo…

– Quoi?

– Est-ce que tu me trouves jolie?

– Qu'est-ce que tu racontes?

– Je suis sérieuse. Il faut que je sache si je suis jolie ou pas.

– C'est absurde. Tu es belle.

– Mais je ne suis pas mince.

– Tu n'es pas grosse non plus.

– Tu as dit que je ne te faisais pas bander.

– Et toi, tu as dit que me toucher te dégoûtait.

– Uniquement parce que la fille te touchait.

– Et maintenant?

– Maintenant je suis la seule à te toucher.

– Écoute… Tu comptes revoir ce mec?

– T'es dingue? Certainement pas.

– Tant mieux. Sinon je l'aurais massacré. Bonne nuit, Bea.

– Bonne nuit, Alfredo.»

26

Le lendemain, Alfredo rentra, le regard noir, plus voûté que d'habitude.

En l'entendant arriver, je me précipitai pour lui ouvrir, juste à temps pour le voir apparaître dans l'escalier.

Il agita la main et poursuivit son chemin. Il avait peut-être envie d'être seul. Mais je lui emboîtai le pas et pénétrai avec lui dans son appartement.

Son père ronflait sur le canapé, agrippé à une bouteille vide.

Je m'aperçus qu'il avait vieilli et qu'il était particulièrement mal en point.

«Quel âge a ton père?» demandai-je. Alfredo ne parlait jamais de sa famille, elle le dégoûtait.

Moi aussi.

«Bof. Environ quarante-cinq ans, je crois. Mais peut-être plus. Ou peut-être moins. Je ne sais pas.

– Et ta mère? Tu t'en souviens?» Il ne la mentionnait jamais, sans doute parce qu'il n'aimait pas se remémorer son enfance dans les baraques qui longeaient le fleuve. Il évoquait rarement cette période de sa vie.

«Pas du tout. J'étais trop petit quand elle est morte. Mais qu'est-ce que tu es venue faire? Parler de ma mère?

– Pardon. Je voulais juste te tenir compagnie.»

Il ouvrit le réfrigérateur et saisit une bouteille de Coca. Massimiliano avait à l'évidence fait les courses récemment.

Il la posa au milieu de la table et s'empara de deux verres, qu'il remplit. Il vida le sien en une gorgée, puis alluma une cigarette. Dans la pièce voisine, le vieux gémit et péta dans son sommeil.

« Je l'ai larguée.

– Qui ?

– Paola. Ne fais pas la conne.

– Tu lui as dit que je te l'avais demandé ?

– Non, je lui ai dit que j'en avais marre. Autrement je me serais ridiculisé. Comme si j'obéissais aux ordres d'une gonzesse…

– Et pourquoi tu l'as larguée ?

– T'es bourrée, ou quoi ? Tu as oublié hier soir ?

– Non, mais… tu aurais pu croire que je faisais un caprice.

– Je te connais trop bien. »

Il remplit une nouvelle fois son verre et le porta à ses lèvres. Je le pris dans mes bras.

« Merci.

– De toute façon, je m'en foutais complètement. »

Je savais qu'il mentait. Il suffisait de voir son regard sombre et son air malheureux pour le comprendre.

Paola vint les jours suivants. Elle se pendait à l'interphone et criait son nom. Alfredo demandait à Massimiliano de répondre qu'il n'était pas là. Il prétendait qu'il ne voulait pas la voir, que c'était une débile, qu'elle lui portait sur les nerfs avec ses pleurnicheries hystériques, qu'elle lui avait vraiment cassé les couilles. Ce n'était pas vrai. Chaque fois que la sonnerie de l'interphone retentissait, il se jetait sur son lit et pressait son oreiller sur sa tête. Il s'efforçait de l'ignorer.

Il était amoureux d'elle et l'avait quittée pour moi. Il s'était sacrifié pour éviter que je souffre.

Je me disais que j'aurais réagi de la même façon à sa place, mais je savais que c'était faux. J'aurais ri, je me serais moquée de lui.

J'étais cruelle, alors qu'il était juste effrayé.

Peu m'importait : j'étais persuadée qu'il était assez fort pour supporter ce sacrifice. Que son chagrin s'estomperait rapidement.

Alfredo était vraiment tombé amoureux de Paola. Mais moi, je faisais partie de lui, et l'instinct de conservation l'emporte toujours sur l'amour.

27

Peu de temps après, Francesco découvrit ce que j'avais choisi de lui cacher. Et cela se produisit de la pire façon qui soit.

Il l'apprit par notre père.

Dix-huit mois s'étaient écoulés depuis le jour où j'avais accompagné Arianna chez l'avorteuse. Nous ne l'avions pas revue. Nous n'avions même plus entendu parler d'elle. Nous l'avions presque oubliée. Mais un matin, le bruit se mit à courir qu'elle était morte. On l'avait retrouvée à plat ventre, le visage dans la terre. Et sa mort n'était pas due à des causes naturelles : on l'avait tuée. La nouvelle s'était répandue dans le quartier, rebondissant des balcons où séchait le linge jusqu'aux paliers crasseux, à la rue, aux bancs et aux portes d'entrée. Deux heures plus tard, tout le monde était au courant. Un curieux s'était même rendu à la baraque pour voir de ses propres yeux, recueillir des renseignements, fouiner. On avait ainsi appris qu'elle avait pratiqué un avortement qui s'était mal terminé : sa « patiente » avait été victime d'une hémorragie fatale. Le mari avait attendu un mois que les eaux se calment, puis était allé se faire justice lui-même dans le potager, parmi les herbes vénéneuses.

Je me trouvais avec mon père quand j'avais entendu cette histoire. Je l'accompagnais dans sa recherche d'emploi, espérant en en trouver un moi aussi. La mère de Silvia nous avait annoncé la nouvelle et, au lieu de descendre en ville, je m'étais précipitée chez Arianna. Il fallait absolument que je le lui dise.

« Hé, Ari, t'as entendu ce qui s'est passé ? » m'écriai-je en entrant. Elle était encore au lit.

« Non, quoi ?

– La vieille a été assassinée. L'avorteuse. En représailles. Parce qu'elle a tué une femme qu'elle faisait avorter, tu comprends ? Le mari l'a butée !

– Elle le méritait », bredouilla-t-elle en se frottant les yeux. Puis elle ajouta, comme foudroyée : « Ça aurait pu m'arriver. Merde, j'ai failli crever, moi aussi ! Je m'en suis tirée par miracle. On a bien fait de la tuer. Mieux vaut que ce soit elle, plutôt que nous. »

Chez moi, je fus accueillie par une atmosphère particulièrement tendue. Ma mère balayait de façon mécanique, sa bouche dessinant une fine plaie dans son visage sombre. Assis à la table de la cuisine, devant une tasse de café à laquelle il n'avait pas touché, mon père la regardait d'un air torve. J'en déduisis qu'ils s'étaient disputés, ce qui me surprit car ça ne s'était encore jamais produit.

« Papa, tu as renoncé à descendre en ville ? » demandai-je pour détendre l'atmosphère.

Il ne me répondit pas. Il continuait de fixer le dos de ma mère.

« Elena, tu savais, dit-il.

– Non, Vitto, je te l'ai déjà dit. Je ne savais rien. Nous étions probablement les deux seuls imbéciles à l'ignorer. Tout le quartier est au courant.

– Qu'est-ce que vous ne saviez pas ? » hasardai-je. En vain. Ils m'ignoraient.

« Qu'est-ce que je dois faire, Elena ? Hein ? Je vais le massacrer !

– Voyons ! Trop de temps a passé. Laisse tomber. »

Un coup de poing sur la table renversa la tasse. Le café se

répandit et se mit à goutter sur le sol. Je n'avais jamais vu mon père dans une telle colère.

« Là où je suis né, on fait attention ! Là où je suis né, on répare les ennuis qu'on a causés. J'ai bien réparé, moi ! s'écria-t-il.

— Que veux-tu réparer à l'âge de quatorze ans, hein, Vittorio ? Comment réparer ? Ici, on n'est pas à Potenza ! »

Je voyais leurs visages cramoisis et j'entendais leurs hurlements, mais le motif de leur dispute m'échappait. Un bruit de pas dans le couloir attira notre attention.

Mon père se rua vers la porte. Mais ma mère lui barra le chemin.

« Pousse-toi, je vais lui donner une correction ! »

Alfredo apparut, le sourcil levé.

« Ah, c'est toi, dit ma mère, comme si de rien n'était. J'ai fait du café, tu en veux ? »

Il hocha la tête et s'assit à la table sans remarquer, lui non plus, le sol sale et poisseux.

Au moment où ma mère versait le café, on entendit Francesco rentrer. Cette fois, ma mère ne parvint pas à retenir mon père.

Il rejoignit mon frère dans le couloir, le poussa violemment et lui balança un coup de pied dans les fesses. Il l'accula dans un coin, ôta sa savate et l'en frappa. Francesco se protégeait la tête derrière ses mains, incrédule. Comme moi, d'ailleurs.

« Espèce de débile ! Minable ! Connard !

— Laisse-le tranquille, Vittorio ! lança ma mère en essayant de les séparer. Ne touche pas à mon fils ! »

Mais, comme sourd, il continuait de frapper Francesco avec sa savate en caoutchouc.

Abasourdis, Alfredo et moi assistions à la scène depuis le seuil de la cuisine.

« Putain, qu'est-ce que j'ai fait ? Qu'est-ce que j'ai fait, bordel de merde ?

– Ce que tu as fait ? Ce que tu as fait ? Quand on met une fille enceinte on l'épouse, c'est compris ? On l'épouse et on va travailler, on ne l'abandonne pas à des bouchers !

– Papa, papa, t'es fou ! Tu te trompes, je ne sais pas de quoi tu parles.

– T'as même pas été capable de tenir ta bite !

– Tel père, tel fils », commenta Alfredo d'un ton ironique. Heureusement, ma mère fut la seule à l'entendre. Elle se tourna vers nous, les doigts écartés, prête à lui flanquer une gifle.

« Moi, je le savais ! » m'exclamai-je.

L'effet de cette révélation fut instantané : la scène se figea aussitôt.

Tous les regards convergèrent sur moi.

« Qu'est-ce que tu racontes, Beatrice ?

– Je savais. J'ai su dès le début que c'était Francesco. Arianna me l'avait dit. Je l'ai accompagnée chez l'avorteuse, mais c'est elle qui voulait y aller. Et Francesco n'était pas au courant. »

Je prononçai ces phrases d'une traite, craignant de voir vaciller mon courage si je m'arrêtais. Mon père lâcha Francesco et fonça sur moi. Je pensai que j'allais recevoir tous les coups qu'il ne m'avait jamais donnés. Mais Alfredo se glissa entre nous, bientôt imité par ma mère.

« Vittorio, tu sais ce que tu vas faire ? dit-elle tout doucement. Tu vas aller au bar boire un café. Ou plutôt une camomille. Reviens quand tu seras plus calme. »

Il sortit sans un mot.

J'avais eu chaud, mais pas autant que Francesco. Il épousseta ses vêtements, salis par la savate de mon père.

« Heureusement, c'était du caoutchouc, commenta-t-il. Sinon il m'aurait tué. »

Ma mère regagna la cuisine. Alfredo la suivit et, pour se faire pardonner sa réflexion, entreprit de nettoyer la table et le sol. Je restai dans le couloir avec mon frère.

«C'est vrai, Bea? C'était moi?

– Oui, Francè.

– Qu'est-ce que je vais faire?

– Rien. Trop de temps a passé.

– Mon cul! Papa m'a frappé comme si ça datait d'hier.

– Tu le connais. Comme tous les gens du Sud, il est obsédé par l'honneur et les conneries de ce genre.

– Je vais voir Arianna.

– Pourquoi?

– Je ne sais pas. Mais j'y vais tout de suite.»

Il se précipita sur le palier et disparut dans l'escalier.

Il revint au bout de plusieurs heures. Il avait parlé à Arianna. Mais ni lui ni elle ne voulut me raconter ce qu'ils s'étaient dit.

28

Plusieurs mois s'écoulèrent. L'automne se mua en hiver. L'année 1983 se fondit en 1984 sans fracas particulier. À la Forteresse, seul le changement des saisons scandait le temps. Il ne se produisait jamais rien d'important. Parfois quelqu'un mourait, surtout parmi les plus jeunes. Nombre d'habitants n'atteignaient pas la trentaine. Tués par les courses de voiture clandestines, les poursuites de la police, l'héroïne. On était habitués. Au moins une fois par mois, don Antonio faisait sonner le glas à la Pagode, et ce tintement se répandait tel le brouillard sur la colline.

C'était une sorte d'avertissement naturel. Quand on avait entre seize et trente ans et qu'on vivait à la Forteresse, les probabilités d'être tué étaient plus élevées que la moyenne nationale. On le savait tous : on courait un risque pour le simple fait d'être nés au mauvais endroit. Mais Alfredo et moi pensions que rien ne nous arriverait.

À l'âge de dix-huit ans, nous imaginions que nous allions vivre éternellement.

Puis la Forteresse qui s'était d'abord montrée clémente décida qu'il y aurait pour nous aussi un prix à payer.

On devint adultes.

Mais pas comme tous les adolescents.

Surtout, pas ensemble.

Alfredo grandit après ce qui arriva à son père. Quant à moi, il me faudrait encore patienter.

29

C'était en avril 1984.

Un jour comme tous ceux qui s'écoulaient à la Forteresse.

Un jour qui suivit de peu mon dix-huitième anniversaire.

Maintenant j'étais majeure, j'avais des responsabilités. Ça signifiait surtout qu'on pourrait m'arrêter si je faisais une connerie.

Nous avions organisé une soirée. Ma mère avait préparé un gâteau. Tous mes copains et certains voisins étaient présents.

Mon père m'avait acheté une robe blanche sans manches. Je l'ai encore, même si je ne l'ai jamais plus portée.

Il avait pris son appareil, dont il ne se servait que lors des occasions exceptionnelles, et nous avait photographiés, Alfredo et moi.

Le flash nous avait surpris devant le gâteau sur lequel s'étalait mon prénom. Immortalisée à l'instant où je m'apprêtais à souffler les bougies, peut-être saoule, j'avais la bouche ouverte, ma robe un peu en désordre, une bretelle sur le bras. Alfredo me tenait par la taille et me regardait avec son sourire grimaçant. Nous ne nous étions pas aperçus qu'on nous photographiait et nous ignorions encore l'importance que prendrait ce cliché.

C'est la seule image récente d'Alfredo que je possède.

Après sa mort, on l'a découpée pour la placer sur sa pierre tombale, où son visage souriant regarde pour toujours le néant, le néant où je me trouvais.

C'était en avril 1984.

Il faisait déjà chaud, trop chaud pour le printemps. À cause de l'air étouffant, on était descendus dans la rue. On était ratissés, mais à force de fouiller nos poches et de demander cinquante lires aux passants, on avait glané de quoi nous payer une bière, qu'on avait bue assis sur les marches de l'amphithéâtre avec nos copains.

Soudain, des voitures de carabiniers ainsi qu'une ambulance filèrent devant nous, toutes sirènes déployées.

Les occupants de l'amphithéâtre partirent aussitôt se cacher. Sauf nous : la bière exceptée, nous n'avions rien.

C'était étrange : depuis les années de plomb, la police ne s'était plus aventurée dans la Forteresse. Elle évitait le quartier, nous laissant libres de nous mouvoir et de nous entre-tuer. Il suffisait de ne pas franchir ses limites : dehors, on nous aurait massacrés. Tel était le pacte tacite.

Alfredo devint nerveux. Les sirènes l'angoissaient. Il déclara qu'il avait un mauvais pressentiment, il voulait rentrer chez lui, et me demanda de l'accompagner.

Je me fis un peu prier avant d'accepter.

Nous marchions au milieu de la chaussée, sans nous soucier des voitures.

Des gens jaillissaient de chez eux par groupes de deux ou trois et suivaient la même direction que nous, semblant nous emboîter le pas.

Saisi de panique, Alfredo s'élança. Je fus incapable de le retenir.

Peut-être avait-il vraiment un pressentiment.

Devant notre immeuble, mon estomac se serra.

Il était arrivé quelque chose.

Il y avait beaucoup de monde, et le flux des curieux ne cessait d'augmenter. Ils s'amassaient, se pressaient contre un obstacle invisible et s'interrogeaient. À force de jouer des coudes, j'atteignis le premier rang.

Un ruban de plastique à bandes blanches et rouges fermait la cour. Derrière, c'est-à-dire juste devant la porte d'entrée, était garée une ambulance aux portières grandes ouvertes.

Je cherchai la tête blonde d'Alfredo parmi la foule. En vain.

Je m'approchai du ruban et priai un carabinier de m'autoriser à passer en disant que j'habitais là. Non loin de moi, un badaud le confirma.

Il souleva donc le ruban sans mot dire et je me faufilai à l'intérieur.

L'escalier était plein, notamment d'hommes en uniforme. Les voix retentissaient partout, ce qui les rendait incompréhensibles. J'eus l'impression d'entendre en haut des pleurs désespérés.

Je commençai à monter. Mais deux carabiniers me bloquèrent le passage.

« Où croyez-vous aller ?

– Chez moi.

– Impossible. Descendez et attendez, s'il vous plaît.

– Un de tes collègues en bas m'a autorisée à monter, j'habite ici, il faut que je sache ce qu'il est arrivé. Je ne redescendrai pas, je préfère me faire botter le cul.

– S'il vous plaît, laissez-la passer, c'est ma fille. » Ma mère était descendue à ma hauteur. Elle portait un chemisier déboutonné sous lequel on apercevait son soutien-gorge, ce dont elle ne semblait guère s'inquiéter.

Je m'aperçus qu'elle pleurait.

« Maman, qu'est-ce qui s'est passé ? Où sont papa et Francesco ?

– Là-haut. Si ces messieurs veulent bien te laisser passer, tu seras sage, tu promets, d'accord ? »

Les deux carabiniers s'écartèrent en feignant de ne pas nous voir. Je me glissai entre eux et étreignis ma mère.

Elle pressa la bouche sur mes cheveux. Elle sanglotait.

«Massimiliano, Bea… il a tué Pietro.»

Qui était Pietro? Je ne connaissais aucun Pietro.

Puis je compris.

Si je n'en connaissais pas, c'était uniquement parce que je m'étais toujours refusée de prononcer son prénom.

Je l'appelais le vieux. Avec mépris, avec haine. Le vieux.

Le père d'Alfredo.

Massimiliano avait tué son père.

En haut, une voix nous ordonna de nous écarter. Je m'aplatis contre le mur.

Ma mère posa la main sur mes paupières, comme autrefois pour m'empêcher de regarder certaines scènes à la télévision.

Mais je n'étais plus une enfant.

Je la repoussai.

Je vis Massimiliano passer devant moi, menotté et encadré par deux agents. Il marchait, plié en deux, comme s'il avait mal au ventre.

Ses bras, bordel… ils étaient couverts de sang jusqu'au coude, si bien qu'il me sembla en voir couler des gouttes sur les marches.

Il avait pataugé dans le sang. Il s'y était baigné. Il avait joué avec le sang de son père.

«Maman, comment…» Ma voix se brisa. J'éclatai en sanglots à mon tour.

«Je ne sais pas, ne me le demande pas, je ne sais rien. Je crois qu'ils se sont disputés, je les ai entendus crier. Mon Dieu, c'était horrible… Monte, va rejoindre Alfredo, aide-le. J'arrive.»

Les jambes tremblantes, j'enjambai les premières marches. Ma mère me rappela:

« Bea, quoi qu'il arrive, n'entre pas dans l'appartement, c'est compris ? N'y entre pas. Et empêche Alfredo de le faire, d'accord ?

– Oui, maman. Je vais essayer. »

Mais c'était trop tard.

Les carabiniers étaient encore là. Deux d'entre eux parlaient à mon père, qui serrait contre lui mon frère accroché à son tee-shirt comme un enfant et, de l'autre, Andrea. J'éprouvai de la compassion pour ce gamin en larmes.

Alfredo n'était pas avec eux.

Alfredo était déjà entré.

Je me tournai vers la porte ouverte. Des hommes se tenaient devant, mais ils étaient trop occupés pour me prêter attention. J'oubliai les recommandations de ma mère et pris mon élan.

Je dérapai sur le seuil, me redressai et glissai le long du couloir en criant son prénom, dans l'espoir qu'il n'ait encore rien vu.

Il se trouvait dans la pièce remplie d'individus en gants et blouses blanches qui photographiaient, ramassaient des objets sur le sol comme s'ils mettaient de l'ordre après une fête particulièrement sauvage.

Debout, les yeux écarquillés, il s'efforçait sans doute de ne pas mourir à son tour.

Ses chaussures étaient maculées de sang.

Il y en avait partout, sur les murs, sur le téléviseur.

Et puis le vieux était par terre, il n'avait plus ni face ni torse.

« Ne reste pas là, bordel ! »

J'ignore comment je réussis à ne pas vomir. Ce fut peut-être le visage d'Alfredo.

Il était bleu. Il avait oublié de respirer.

Je le giflai violemment et le tirai par le bras.

Un homme de grande taille en civil se mit alors à me secouer.

« Putain, t'es qui, toi ? hurlai-je.

– Adjudant-chef des carabiniers. Sortez immédiatement, ou je vous fais coffrer, tous les deux ! »

– Va te faire foutre, t'as compris ? Va te faire foutre ! C'est ma maison ! Je suis sa jumelle, c'est aussi ma maison ! »

À un signe de l'homme, deux agents avancèrent et me saisirent par les bras.

Deux autres attrapèrent Alfredo qui se laissa entraîner sans opposer la moindre résistance.

Je continuai de crier.

Je criai encore plus fort quand je vis le sac noir que les carabiniers apportaient pour le cadavre.

Il fallait que je crie pour éviter de vomir.

La faute au délabrement.

C'est ce que raconta le journal télévisé du soir.

Délabrement. Voilà comment on nous décrivait de l'extérieur. Voilà ce que nous étions pour eux.

Un garçon de vingt et un ans avait tué son père de trente-quatre coups de couteau. Il l'avait frappé au visage et à la poitrine, puis s'était acharné sur le cadavre. La journaliste affirma que le meurtre avait été commis pour des motifs futiles. Il avait eu lieu à la Forteresse, dans la banlieue ouest de la ville, la colline où personne ne s'aventurait, le ghetto des fauves.

Je me trouvais à l'hôpital depuis plusieurs heures avec le reste de ma famille. L'après-midi s'était mué en soir, et le soir en pleine nuit.

Assise dans une petite salle écaillée des urgences, j'attendais qu'Alfredo se ressaisisse.

Il n'avait pas prononcé un mot depuis le moment où je l'avais rejoint dans la pièce où gisait le cadavre de son père.

Les médecins l'avaient emmené dans l'ambulance que j'avais vue dans la cour.

Ils y avaient aussi emmené Andrea. Les infirmiers leur avaient injecté assez de calmants pour assommer un cheval. Andrea avait perdu connaissance, mais Alfredo était resté absent, immobile, incapable de dire un mot, les yeux écarquillés. Une seconde injection avait été nécessaire pour le pousser dans le sommeil.

Je regardais le journal télévisé dans la salle d'attente des urgences. Soudain, le visage de Massimiliano apparut derrière la journaliste.

On ne le reconnaissait pas sur l'écran. On aurait dit Alfredo.

Je pensai à la férocité avec laquelle il avait assassiné son père et aux raisons de ce crime. Je pensai à la pièce en désordre. Je pensai que Massimiliano avait peut-être utilisé le couteau avec lequel le vieux avait tenté de tuer Alfredo, quelques années plus tôt.

Je pleurai en silence.

Pas pour le vieux. Pas pour Alfredo non plus.

Je pleurai pour Massimiliano.

30

Vingt ans.

C'était la peine dont il avait écopé. Et il la purgerait entièrement. Tel est le tarif quand on n'a pas de quoi se payer un bon
avocat.

Chez moi, personne n'avait commenté la nouvelle.

Mon père et Renato, notre voisin, avaient repeint la pièce
où le meurtre avait eu lieu, dissimulant le sang séché sous une
couche de peinture fraîche.

Mais il fallait bien plus que de la peinture pour l'effacer de
notre esprit.

La nuit, nous couchions dans le grand lit que j'avais rarement
partagé avec mon seul frère. Andrea n'avait pas regagné la
Forteresse. Tandis que nous patientions à l'hôpital, deux assis-
tantes sociales s'étaient présentées pour le conduire dans un
orphelinat, en attendant de le confier à une famille d'accueil. Et
les protestations de mes parents n'avaient servi à rien.

Alfredo s'accrochait à moi. Parfois, il pleurait.

Ses pleurs silencieux coulaient dans mon cou, sur mes épaules,
me desséchaient le sang.

Je savais que c'était une épreuve difficile, mais je pensais que
je lui suffirais.

Moi, qui serais toujours là.

Moi, qui ne le quitterais jamais.

Moi, qui ai tenu ma promesse, puisque c'est lui qui a fini par me quitter.

Cette fois, Alfredo ne se contenta pas de pleurnicher comme chaque fois qu'il avait des problèmes.

Il se renferma sur lui-même et devint distant. Si distant qu'il m'était parfois impossible de le rejoindre.

Ce ne fut pas la mort du vieux qui causa sa perte. Du moins, pas seulement.

Ce meurtre fut, je crois, le facteur déclenchant, le dernier maillon de la chaîne des événements qui, année après année, avaient détruit tout son être. Il n'avait pas de personnalité. Il n'avait pas de caractère. Il s'appuyait sur les autres, se laissait entraîner, effrayer. Je le savais, il m'arrivait même d'en profiter. Mais je ne voulais pas lui faire de mal.

Je l'aimais.

J'ai moi aussi contribué à sa mort, pourtant je l'aimais vraiment.

Et c'est, à mon avis, une punition suffisante.

31

Je ne m'en aperçus pas immédiatement.

Ou plutôt, je ne m'en serais jamais aperçue toute seule.

Plusieurs mois s'étaient écoulés depuis le meurtre, et l'été se décolorait dans l'automne.

Depuis quelques semaines, Alfredo fréquentait un type bizarre, rencontré au bar.

Un punk de trente ou quarante ans surnommé « la Crête », qui en était resté à la fin des années soixante-dix.

Ensemble, ils franchissaient les limites de la Forteresse et erraient dans la ville.

Pour la première fois, Alfredo ne me demandait pas de l'accompagner. Au contraire, il refusa les deux fois où je le lui proposai, sans me fournir d'explication.

J'avais beau l'engueuler, il restait sourd à mes protestations.

Il rentrait en pleine nuit et s'enfermait chez lui avec la Crête.

Quand je l'entendais, je me dépêchais de m'habiller pour monter sonner à sa porte, jusqu'à ce qu'il m'ouvre.

J'étais capable d'attendre pendant des heures sans m'offusquer des insultes de la Crête, qui me traitait de « casse-couilles aigrie ». Je l'ignorais : il n'avait aucune valeur pour moi. Mieux, je le méprisais. C'était un de ces types qui veulent toujours avoir le dernier mot, un de ces profs ratés qui s'imaginent tout savoir.

Il me dégoûtait. Je ne comprenais pas ce qu'Alfredo pouvait lui trouver, mais il s'était incrusté. Massimiliano n'aurait jamais accepté une telle situation, je le savais, et à cette pensée mes yeux se remplissaient de larmes. On l'avait incarcéré à Turin, très loin de nous. Maintenant, Alfredo vivait seul et il s'était choisi un demeuré pour compagnon.

Je me demandais ce qu'il fabriquait sans moi.

Je m'étais rendu compte qu'il avait changé. Désormais il était nerveux, agressif. Parfois il s'énervait sans motif, se mettait à crier, s'en prenait à tout le monde. Même à moi. Ou alors il s'endormait brusquement. Quand je le surprenais la tête pendante, la bouche ouverte, incapable d'articuler, il prétendait que c'était le shit qui l'étourdissait.

Parfois, en revanche, il redevenait l'Alfredo de toujours, et j'en oubliais presque sa bizarrerie, sa pâleur effroyable, ses pupilles incroyablement rétractées, ses crises de démangeaisons. Il se grattait sans cesse, en particulier les jambes, utilisant tout ce qui lui tombait sous la main. Ses tibias n'étaient plus que deux masses écorchées et sanguinolentes.

Je pensais qu'il était malade. Je pensais qu'il perdait la tête. Un jour, j'en parlai à ma mère.

Elle m'invita à m'asseoir à la table de la cuisine et prit place en face de moi. C'était notre habitude lorsque nous avions à affronter un problème important.

«Maman, qu'est-ce qu'il a, d'après toi?»

Le nez froncé, elle secoua la tête.

«J'espère que ce n'est pas ce que je pense.

– Qu'est-ce que tu penses?

– Depuis combien de temps tu n'as pas regardé les bras d'Alfredo?

– Qu'est-ce que j'en sais, je ne fais pas attention à ces trucs-là…

– Il porte toujours des manches longues, tu as remarqué?

– Et alors ? Il en portait avant aussi, à cause des coups du vieux. Ça lui est resté.

– Regarde ses bras. Il refuse que je le touche. Il acceptera peut-être si c'est toi. Regarde ses bras.

– Maman… Alfredo se shoote ?

– Espérons que non, Bea. Espérons que non. »

Il était difficile de vérifier car désormais Alfredo ne voulait plus que je le touche. J'essayais de contourner l'obstacle : je le jetais sur le lit, ce qui était facile car il ne tenait pas debout, pour le chatouiller.

Il riait, essayait de me repousser. Alors je tentais de relever ses manches sous prétexte de lui mordre les bras.

Mais il se dérobait.

Il prenait mon visage entre ses mains et retrouvait son sérieux. Ses yeux redevenaient normaux, ses pupilles, de la bonne grosseur.

« Je ne peux pas vivre sans toi », déclarait-il. À ces mots, ma gorge se nouait et je renonçais.

Puis il s'endormait, serré contre moi, et je perdais toute envie de chercher sur ses bras la trace d'une aiguille.

En glissant à mon tour dans le sommeil, je me disais que c'était impossible. Ma mère se trompait, Alfredo n'avait pas changé, il traversait juste une mauvaise passe. Il n'avait pas l'étoffe d'un junkie de toute façon.

Mais un soir je rassemblai tout mon courage.

Il s'était endormi, le visage sur la table.

J'ignorais depuis combien de temps il était dans cette position. Je l'avais découvert ainsi, bavant sur le bois, seul dans son appartement dont il oubliait toujours de fermer la porte.

Retenant mon souffle, je retroussai une manche centimètre par centimètre jusqu'au creux du coude, à l'endroit où la chair est la plus tendre et les veines plus faciles à atteindre.

Il n'était pas nécessaire de remonter si haut.

Son bras était une constellation de bleus de toutes les couleurs et de minuscules croûtes. Il se piquait partout.

Je remarquai un trou violacé qui avait tout juste cessé de saigner.

Je n'avais pas voulu l'admettre, mais je l'avais senti en moi depuis le début, comme si je m'étais moi-même piquée. Pourtant mes jambes se mirent à trembler.

M'appuyant contre le mur, j'inspectai l'appartement. Et si je me trompais ? Il s'agissait peut-être de piqûres d'insectes ou encore d'une allergie.

Je t'en supplie, fais que ce ne soit pas ça.

Dans la salle de bains, il n'y avait rien. En revanche, je dénichai dans sa chambre une seringue abandonnée sur le sol, derrière la table de nuit, parmi les moutons de poussière.

Un citron desséché, une cuiller oxydée par la flamme.

Tout en jurant, je ramassai la seringue. J'aurais aimé le tuer avec, mais il ne méritait même pas de crever.

Je retournai à la table de la cuisine et retroussai de nouveau sa manche.

Alfredo était pâle, il respirait doucement.

J'aurais pu appeler ma mère et la regarder lui botter le cul, mais c'était moi que ce problème concernait.

Je posai la seringue sur la table et examinai Alfredo. Ses bras ballants, sa joue contre le bois, sa bouche ouverte. Un filet de salive qui séchait. J'écartai une chaise et sans un bruit m'assis en face de lui. Je croisai les bras sur ma poitrine. J'attendis son réveil.

« Qu'est-ce que tu fous ici ? » bredouilla-t-il soudain. Il me fallut recourir à tout mon sang-froid pour éviter de lui sauter dessus et de le jeter du cinquième étage.

« C'est quoi ce truc ? » D'un geste, je fis rouler la seringue vers son visage inexpressif.

« J'en sais foutrement rien. C'est sûrement à la Crête.

– Tu te shootes toi aussi, hein, Alfredo ?

– T'es dingue, ou quoi ? Je suis pas un toxico, moi.

– Enlève ton tee-shirt.

– Mais c'est quoi ce…

– Enlève ton tee-shirt !

– Tu me crèves les tympans. Va gueuler chez toi. »

Il reprit sa position. Je me levai brusquement en renversant ma chaise, puis le saisis par les cheveux et lui écrasai le visage contre la table.

« Qui te fournit la came ?

– Bordel, qu'est-ce que tu veux ? Fous-moi la paix et, pour changer, débarrasse le plancher ! »

Surmontant sa résistance pathétique, je lui tordis le bras. Il se mit à pleurnicher comme une gamine.

« C'est quoi, ça ? demandai-je.

– Euh… j'ai dû tomber.

– Tu tombes sur des seringues ?

– Oh, mais qu'est-ce que tu veux ? Je ne l'ai fait qu'une seule fois.

– Une seule fois ?

– Oui, une seule fois.

– Compte les marques.

– Quoi ?

– Les marques. Je t'ai dit de compter tes marques, espèce de con. »

De la rage et du dégoût, j'ignore ce qui l'emportait en moi. Alfredo obtempéra, mais il perdait le compte, marmonnait, arrivait à cinq puis recommençait. Bien vite il se lassa.

Il m'écarta et rabaissa sa manche.

« Tu me casses les couilles. Dégage. »

Sans un mot, je ramassai la seringue et la glissai dans ma poche.

Je retournai chez moi et racontai tout à mes parents.

Cette nuit-là, mon père attendit la Crête, caché dans l'obscurité du palier. C'était un homme robuste, mon père.

Il le souleva et le projeta dans l'escalier avec tant de force que le vieux punk dévala quatre étages en roulant sur lui-même.

Je le suivis jusqu'à l'entrée. Renversé sur le sol, il gémissait et pleurait, le visage réduit à un masque de sang, de saleté et de morve, le bras bizarrement plié.

Je me penchai pour mieux l'observer. Il était dans un sale état.

Je me redressai et lui flanquai de toutes mes forces un coup de pied dans les côtes. Puis je tournai les talons.

La Crête passa toute la nuit à hurler dans le hall de l'immeuble, mais personne ne sortit pour lui prêter main-forte.

Le lendemain matin, il ne restait de lui que du sang dans l'escalier.

On ne le revit plus.

32

La Crête avait disparu, privant Alfredo de came.

La nuit du passage à tabac, alors que je remontais, j'avais croisé sur le palier du troisième étage mon père, venu à ma rencontre.

« Il est au rez-de-chaussée. Tu l'y laisses ? avais-je demandé.

– Tu voudrais que j'appelle aussi une ambulance ?

– Il n'est pas mort.

– Bea, nous n'avons pas à le tuer. Il doit juste comprendre qu'il vaut mieux pour lui ne pas se pointer par ici.

– Si on le tue, il le comprendra mieux.

– Ça va pas, la tête ! Monte à la maison, sinon je vais te flanquer deux gifles dont tu n'as pas idée. »

Je m'étais exécutée en soupirant. Personne ne m'écoutait.

Depuis le départ de la Crête, Alfredo ne percutait plus.

Il était impatient, nonchalant, avait des cernes noirs. Il passait des journées entières au lit, à fixer les taches d'humidité sur le plafond sans cligner des yeux pendant des heures. Ces jours-là, je souhaitais sa mort.

Il exigeait tout le temps ma présence. Quand j'en avais marre et que j'allais me balader avec Arianna, il m'accusait de l'abandonner.

Il disait qu'il était fatigué, se plaignait de douleurs aux os. Incapable de sortir, il gémissait sans cesse en se recroquevillant sur lui-même.

« J'ai pris froid, expliquait-il en pleurnichant. Je ne supporte pas les changements de température. »

Il ne voulait manger que du sucré. Il s'empiffrait de glaces, m'obligeant ainsi à parcourir la ville pour lui en trouver – une mission quasi impossible au mois de novembre. J'avais beau lui dire que c'était mauvais pour sa santé, il ne m'écoutait pas. Il était capable d'en avaler un pot entier en l'espace de dix minutes.

Puis il se tordait de douleur et vomissait.

Il vomissait beaucoup depuis qu'il avait cessé de se shooter. Il piquait un sprint jusqu'à la salle de bains et se pliait en deux sur la cuvette, secoué par des haut-le-cœur. Parfois, il ne réagissait pas à temps et vomissait sur place. Alors, comme une conne, je lui tenais les cheveux, qu'il avait plus longs que les miens, pour éviter qu'il se salisse et courais nettoyer son vomi au lieu de le laisser se débrouiller. Je lavais le carrelage pendant qu'il retournait s'allonger quelque part, épuisé. Désormais j'avais vu si souvent le contenu de son estomac que ça ne me gênait plus.

Mais son état s'améliorait.

Mes efforts n'étaient pas inutiles.

La première semaine avait été la plus dure. Malgré son état, Alfredo voulait sortir pour s'acheter de la came. Deux fois il m'avait priée de le faire à sa place, déclarant qu'il avait mal partout et qu'il allait mourir. Il me suppliait de lui rapporter une dose, une seule, après quoi il arrêterait. Cela me mettait hors de moi.

Alors je jouais l'indifférente. Je préparais quelque chose à manger et lui ordonnais de prendre une douche. Il avait perdu jusqu'à l'envie de se laver, et parfois je devais le pousser de force dans la baignoire.

Puis ses marques disparurent et il cessa de s'endormir debout.

Son visage était toujours pâle, mais d'une pâleur normale. Il réussissait à garder les yeux ouverts et il se remit à manger, même si ce n'était plus avec la même voracité.

J'étais persuadée que le pire était passé et que l'épreuve n'avait pas été trop dure.

Il s'était shooté pendant près de sept mois à mon insu, mais il était parvenu à décrocher à la première tentative, nous l'avions récupéré à temps. Il avait eu de la chance : d'autres s'étaient piqués des années durant et n'étaient jamais sortis du tunnel.

« C'est bien vrai que tu as arrêté de te shooter ? » lui demandais-je dans la pénombre de sa chambre. Désormais je couchais chez lui, dans l'appartement où il refusait de dormir seul.

Depuis la disparition de la Crête, il lui paraissait bizarre de vivre à l'endroit même où son père avait été assassiné. Il prétendait qu'il l'entendait tousser la nuit, il essayait de m'effrayer. Mais je ne marchais pas : le vieux ne me faisait pas peur vivant, il n'y arriverait pas une fois mort.

J'avais d'autres sujets d'inquiétude.

« Je n'étais pas un toxico, tu sais.

– Bof...

– Je me suis fait quelques fix... mais uniquement pour tenir compagnie à des potes et pour faire quelque chose de différent. Je n'étais pas accro, j'ai arrêté... Est-ce que j'ai l'air d'un junkie ?

– Non, enfin... Pas maintenant. Maintenant tu es redevenu toi-même. Mais avant, oui, un peu. Tu t'endormais sur la table...

– Parce que j'étais fatigué, pas parce que j'étais défoncé. »

Le plus ridicule, c'est qu'il arrivait presque à me convaincre. Je préfère croire qu'il était sincère, qu'il se berçait d'illusions. J'ai le droit de me le rappeler tel qu'il était : un gamin naïf et un peu bête.

Je veux continuer de croire qu'il ne se fichait pas de moi.

Il y a des gens qui se défoncent toute leur existence et qui restent en équilibre pendant des années, entre abstinences et rechutes.

Parmi ceux que je connais, certains ont l'âge de mes parents, ils se shootent depuis toujours et sont encore en vie. Comment l'expliquer ? Je l'ignore. Ils donnent l'impression d'être aux portes de la mort, mais ils se ressaisissent toujours.

Certains arrêtent. Certains fument de l'héroïne, d'autres la sniffent ou se l'injectent.

Certains ne font jamais d'overdose, même si vous leur donnez un camion de drogue, même si vous la coupez avec de la lessive. Ils se défoncent, sont malades, vomissent. Puis ils se rétablissent.

D'autres font une overdose une fois sur deux. Ce doit être un problème physique : leur cœur ne tient pas, et ils ont une attaque.

Alfredo comptait au nombre de ces derniers.

33

Après sa crise d'abstinence, Alfredo se portait mieux. Ma mère et moi avions décidé de le consigner à l'intérieur une semaine supplémentaire, pour nous assurer que l'envie de se défoncer lui était vraiment passée. Il était redevenu lui-même et, s'il continuait de se plaindre, ce n'était plus des douleurs mais de l'ennui. Il trouvait plus pénible de moisir dans son appartement que d'être en manque.

Puis, usée par ses gémissements, je persuadai ma mère de le laisser sortir. Je pensais qu'il ne serait pas assez bête pour replonger, même s'il demeurait imprévisible. Je promis de le surveiller, de ne pas le quitter d'une semelle.

Les premiers jours, tout se déroula pour le mieux. Il se conduisait comme l'Alfredo d'autrefois et ne manifestait aucun intérêt pour la poudre. J'en conclus qu'il se débrouillerait tout seul et relâchai ma surveillance, j'avais hâte de retourner à mes occupations pendant qu'il se promènerait dans la Forteresse et jouerait au foot avec notre bande.

Tous nos amis savaient ce qu'il avait traversé mais, comme d'habitude, personne ne le questionna. C'était dans notre nature : on avait tendance à refouler les sujets difficiles, on évitait d'affronter les épreuves tant qu'elles ne nous frappaient pas de plein fouet. Quand c'était le cas, il était souvent trop tard pour réagir.

C'était une façon comme une autre de se protéger.

Libérée de ce fardeau, je trouvai mon premier emploi : dans un supermarché. Ce n'était pas un travail compliqué. J'étais censée ranger dans les rayons le contenu des cartons qu'on me fournissait.

Je m'y sentais plutôt à l'aise, j'aimais bien les caissières, le directeur était cool, la paie convenable. J'en versais une moitié à ma mère et conservais l'autre. Cela me suffisait largement : les cigarettes et la bière étaient mes seules dépenses.

Avec mon premier salaire, j'achetai des cadeaux. Un tee-shirt vert pour Alfredo, un autre, marine, pour mon frère, un serre-tête bleu vif pour Arianna et un disque de Lucio Battisti pour mes parents, qui empruntaient de temps en temps le tourne-disque du voisin. Enfin, pour moi, une doudoune rouge, à la mode ces années-là, qui me coûta la moitié de ma paie.

Je travaillais le matin, du lundi au samedi. Parfois, Arianna venait me chercher à l'heure du déjeuner en compagnie d'Alfredo.

J'étais contente de les voir m'attendre dehors. Leur présence signifiait que je n'aurais pas à rentrer seule et surtout qu'Alfredo ne traînait pas.

Depuis que je travaillais, il passait la matinée seul. Il se levait tard et descendait prendre son petit déjeuner chez moi ou chez Arianna. Il s'ennuyait. Parfois il se promenait dans le quartier avec les garçons de la bande. Il me racontait qu'il sortait avec Enrico et Stefano, qu'ils se vautraient sur un banc pour tuer le temps.

Je n'imaginais pas qu'il pouvait me mentir. Je le croyais trop bête pour ça. Jour après jour, je gobais toutes les conneries qu'il débitait.

Quand je le découvris, il était déjà trop tard.

Alfredo ne jouait pas au foot avec Enrico et Stefano.

Alfredo ne sortait pas avec les copains.

Alfredo allait chercher sa dose.

34

Tous les signes auraient dû me sauter aux yeux, mais je refusais de les voir. Alfredo était de nouveau nerveux et irritable. Il se mettait en rogne pour trois fois rien. Il me repoussait, pour me prier l'instant d'après de téléphoner au supermarché et de dire que j'étais malade. Il prétendait qu'il avait peur de rester seul.

Il se plantait devant la porte, me suppliait de ne pas sortir, affirmait qu'il avait rêvé du vieux, mort et défiguré. Quand je lui disais d'arrêter, il hurlait et m'insultait.

Je ne l'écoutais pas : travailler m'importait plus que ses plaintes.

À mon retour, je le trouvais calme, peut-être un peu endormi, et en concluais qu'il n'avait pas réellement besoin de moi, qu'il s'était entêté, comme d'habitude. Il n'acceptait pas que je sois indépendante, que j'aie ma propre vie. Il s'était toujours montré possessif. Depuis le temps, je m'y m'étais habituée. Son état n'éveillait pas en moi le moindre soupçon.

J'étais troublée pour d'autres raisons. Il y avait une certaine tension dans l'air chaque fois que je voyais Arianna. Elle était bizarre, comme à l'époque où elle était tombée enceinte, et j'espérais qu'elle ne l'était pas de nouveau.

Intriguée, je lui demandai un jour si elle ne se piquait pas, elle aussi. Elle m'envoya paître.

Je m'interrogeai pendant des semaines. Arianna répétait que tout allait bien, mais je la connaissais, je savais qu'il n'en était rien.

Enfin, un matin, je compris.

C'était mon jour de congé. Alfredo était sorti à neuf heures pour donner un coup de main à Enrico.

J'étais descendue chez moi : j'avais envie de manger un petit déjeuner préparé par ma mère et de finir ma nuit dans mon lit. Depuis que j'étais installée à l'étage supérieur, je n'arrivais pas à fermer l'œil. Le matelas était dur comme du bois, Alfredo s'agitait comme un possédé. Il ne tenait pas en place. Il parlait dans son sommeil et me bourrait de coups de pied.

Je pénétrai dans ma chambre et m'allongeai auprès de mon frère. Il dormait profondément, une main sous l'oreiller, la bouche ouverte. Je me glissai discrètement sous les draps de peur de le réveiller.

C'est alors qu'un objet me piqua la cuisse.

Un serre-tête bleu vif.

Il ne fut pas difficile d'en tirer des conclusions.

Je me levai, me rhabillai et sortis en courant.

Arianna n'était pas chez elle mais à l'amphithéâtre, comme me l'apprit sa grand-mère. Une fois arrivée, je l'aperçus au centre du terre-plein, assise parmi nos copines. Je descendis à toute allure et lui lançai dans le dos son serre-tête qui rebondit sur le sol. Surprise, elle se retourna.

« Qu'est-ce que tu fous, Bea ?

– Espèce de connasse ! Salope ! Pourquoi tu ne m'as rien dit ? Je suis ta meilleure copine ! Tu aurais dû me le dire ! »

Elle riva les yeux sur le serre-tête.

« Où tu l'as trouvé ?

— Dans le lit de mon frère ! Dans mon lit, bordel ! Tu baises avec Francesco et tu ne me dis rien !

— Ce n'est pas ce que tu crois.

— Ah non ? Alors qu'est-ce que c'est ? »

On se dévisagea un moment sous les regards inquiets de Silvia et de Michela.

« Francesco et moi, on est ensemble. »

Silence. Le silence retentissait dans ma tête. Il semblait ne devoir jamais prendre fin.

Mon petit frère. Il n'avait même pas seize ans, trois de moins qu'elle. Mon frère sortait avec cette fille. Avec cette face de craie, couverte de taches de rousseur, aux sourcils roux et aux yeux marron. Il sortait avec cette bouche large, ces horribles cheveux crépus qui ne connaissaient pas le peigne.

Il sortait avec cette tête à la con.

Et cette tête à la con, c'était ma meilleure copine.

« Depuis quand ?

— Pas longtemps. Quelques mois.

— Pourquoi tu ne m'as rien dit ?

— Regarde ta réaction ! Il faut toujours trouver le moyen de te présenter les choses, sinon tu te mets à gueuler comme une sauvage. Tu es pire qu'Alfredo.

— Laisse Alfredo tranquille. Je ne vois pas le rapport.

— Vous êtes pareils. Tu le critiques tout le temps, mais quand je vous parle, j'ai l'impression de parler à la même personne.

— Je ne veux pas que tu sortes avec mon frère.

— Bea, le problème n'est pas là. Je me fiche pas mal que tu le veuilles ou non. J'aime Francesco. Tu ne peux pas me donner des ordres comme à ton jumeau, fourre-toi ça dans le crâne une bonne fois pour toutes.

— Je n'ai pas l'intention de donner des ordres à qui que ce soit !

— Tu viens de le faire ! Tiens ! Quand on parle du loup… »

Je pivotai vers les marches. La tête blonde d'Alfredo scintillait au soleil.

Il se tenait à mi-pente, en compagnie d'un garçon plus âgé, que je connaissais de vue. Ce garçon avait la main posée sur son épaule, mais pas d'une façon amicale. Il l'étreignit soudain, lui assena une tape dans le dos et remonta sans un au revoir.

Alfredo resta là. Malgré la distance, je pouvais distinguer son sourire bête et gêné. Il se tourna dans notre direction. À ma vue, son sourire se figea.

Une nouvelle fois, la vérité s'étalait sous mes yeux. Pourtant, je refusai de comprendre.

Quelques jours plus tard, Arianna vint me chercher au supermarché. Je la vis, assise sur un banc, de l'autre côté de la rue, et mon cœur se serra.

On ne s'adressait plus la parole depuis le matin où j'avais trouvé son serre-tête, et ça me rendait malade. Je fus nerveuse et impatiente pendant toute l'heure qui précéda ma sortie, mais une fois dehors, face à sa silhouette solitaire, engoncée dans son manteau noir, je n'eus qu'une seule envie : regagner le magasin.

Je ne voulais pas lui parler.

Elle se leva, traversa la rue et me rejoignit.

« Salut, Bea.

– Salut, Ari. »

Des sentiments contradictoires m'assaillirent. J'avais envie de l'insulter, de l'embrasser, de la gifler. De lui botter le cul jusqu'à la Forteresse et de lui demander pardon. De la traiter de pute et de lui dire que je ne le pensais pas, qu'elle resterait toujours pour moi la même Arianna, avec son buisson de cheveux, avec nos expériences communes, nos insultes mutuelles, les objets partagés au fil des ans, prêtés et, pour certains, pas rendus.

J'avais envie de lui dire qu'elle me dégoûtait et qu'elle était normale, qu'à force de grandir ensemble soit on devenait une famille, soit on se fiançait. Peut-être aussi de la prier de m'excuser, ou encore de lui casser la figure.

Mais j'étais incapable de parler et de la regarder en face.

«Tu peux m'expliquer ce qui se passe?

— Je ne sais pas, Ari. Ça m'échappe à moi aussi.

— Tu es jalouse? De moi? De ton frère? Pourquoi tu prends ça si mal?

— C'est sérieux? Entre vous, je veux dire.»

Elle haussa les épaules et secoua la tête. Elle semblait rassembler son courage.

«Que veux-tu que je te dise, Bea? Ça l'est pour moi.

— Tu es amoureuse?

— Oui. Et je l'étais déjà avant.

— Et lui?

— Lui aussi. Je sais qu'il m'aime. Je regrette que tu ne l'acceptes pas, j'espérais que cela te ferait plaisir.

— En d'autres termes, tu es ma belle-sœur.

— Plus ou moins. Ça t'ennuie?

— Je m'y habituerai.»

Je glissai mon bras sous le sien et embrassai sa joue glaciale.

«Rentrons. C'est bon», dis-je en pensant que je finirais par trouver cette situation normale.

35

Je compris qu'Alfredo avait recommencé à se shooter un jour
où je découvris sa brosse à cheveux ensanglantée. Je ne pouvais
plus l'ignorer.

Quand je l'interrogeai, il répondit en ricanant qu'il avait des
puces et que cette brosse lui servait à se gratter.

Je lui crachai au visage.

Alors il déclara qu'un petit fix de temps en temps n'avait
jamais tué personne.

Qu'il pouvait arrêter du jour au lendemain.

« Tu vas faire le tour de cette pièce à coups de pied au cul et
tu me diras ensuite si tu apprécies ce flash !

— Oh, qu'est-ce que t'es chiante !

— À qui tu l'achètes ? » Certes, je ne pouvais pas demander à
mon père de jeter dans l'escalier tous les dealers de la Forteresse,
mais je voulais quand même savoir le nom du sien.

« T'inquiète. C'est de la bonne came, pas de la merde. Je sais
reconnaître la merde. Ce truc-là est inoffensif, après ton trip, tu te
retrouves comme avant. Sans mauvaise descente. Tu es juste bien
toute la journée, comme quand tu baises. Tu ne vois peut-être pas
ce que je veux dire, puisque tu ne baises pas, mais ça y ressemble.

— Putain, mais où tu trouves le fric pour te défoncer ? Tu n'as
pas un radis !

– Tu ne penses qu'au fric! Le fric n'est pas tout dans la vie.»

Il tira de sa poche un emballage argenté.

Le citron, l'eau. La seringue. Son sourire tranquille, la petite cuiller et le briquet bleu. La nausée qui s'emparait de moi.

« Bea, tu es bête. Tu vas voir.

– Tu n'as tout de même pas l'intention de te shooter maintenant?

– Si, ça te rassurera. Tu verras qu'il ne se passe rien et tu arrêteras de me casser les couilles.

– Ah non! Fais ce que tu veux, mais pas devant moi! Je m'en vais.»

Mais je restai.

Alfredo faisait bien les choses. Il était méticuleux.

L'eau, le citron, la dose. Attendre que ça commence à bouillir, mais c'est rapide, dix secondes suffiront, la poudre se transformera en un truc marron d'aspect un peu dégueulasse qui ressemble à de l'eau sale ou à du sirop pour la toux.

L'aspirer avec l'aiguille, une aiguille minuscule, une seringue aussi fine qu'Alfredo.

Deux chiquenaudes pour s'assurer qu'il n'y a pas d'air dedans.

Il baisse la tête, ses cheveux lui retombent sur le visage, longs, bouclés, en bataille.

D'un blond clair.

Je me concentre sur eux pour ne pas le regarder chercher sa veine, pour ne pas voir la chair enfler quand l'aiguille la pénètre.

J'essaie de détourner la tête, en vain.

Le sang dans la seringue. J'ai l'habitude de voir son sang, mais la plupart du temps c'est moi qui le fais couler.

Il est sombre et dense. Un instant, et il rentre dans la veine avec le reste.

Je ne voudrais pas, mais je retiens mon souffle.

Ses lèvres tremblent. Il s'abandonne contre le dossier de la chaise et renverse la tête. Sans même ôter la seringue.

« Putain, quel trip ! »

Il glisse les mains dans ses cheveux et écarquille les yeux. Ils sont verts, tout verts. La pupille a disparu.

« Ça déchire ! »

Il se tait. J'entends sa respiration, car je retiens encore mon souffle. Elle est bizarre : on dirait qu'il a le hoquet, qu'il manque d'air, trente secondes, une minute, c'est trop.

Il a des difficultés à bouger, ses jambes sont raides et il tremble.

Je n'ai pas l'habitude, mais ça ne me paraît pas normal. Maintenant il a les lèvres bleues, son visage bleuit à son tour, il continue de hoqueter, bordel, il étouffe, c'est une overdose, il va crever devant moi.

Je le renversai, l'allongeai par terre et fourrai les mains dans sa bouche, comprenant qu'il avalait sa langue.

Il me mordit en un réflexe involontaire, provoqué par les convulsions, mais je ne lâchai pas.

Je le tournai sur le côté et me précipitai chez moi.

J'ignorais combien de temps il lui restait.

« Maman, dégage ! » Je saisis le combiné et appelai une ambulance, les doigts tremblants.

« Bea, à qui tu téléphones ?

– C'est Alfredo, maman. Alfredo fait une overdose, il étouffe, va l'aider, m'man. »

Du coin de l'œil, je la vis sortir en courant. Je me concentrai pour répondre aux questions qu'on me posait à l'autre bout du fil, de peur de céder à la panique. La femme me demanda de quelle sorte d'urgence il s'agissait et réclama l'adresse du malade. Je m'efforçai d'être le plus claire possible, même si ma voix tremblait. Il fallait faire vite, dis-je. Il fallait se grouiller.

Quand je remontai, Alfredo respirait doucement, mais il avait les yeux révulsés.

Bientôt, les sirènes de l'ambulance retentirent puis se turent dans la cour. Entendant des pas dans l'escalier, je me ruai sur le palier et apostrophai les quatre personnes qui montaient, chargées de gros sacs.

«Où est-il?

– Ici. Il ne respire pas, il est bleu, faites quelque chose!»

Je les suivis dans le salon dévasté, dans la pièce même où le vieux était mort. Ma mère était agenouillée près du corps inerte qui changeait de couleur.

Un homme en blouse blanche vida son sac sur le sol, tâta la gorge et le visage d'Alfredo, secoua la tête.

«Vite, murmura-t-il. On le perd.»

Debout à ses côtés, je vis surgir un flacon et une seringue.

Il planta la seringue dans la poitrine d'Alfredo et l'actionna.

Le corps maigre d'Alfredo se tendit comme un arc. L'air pénétra dans ses poumons pour en ressortir immédiatement dans un souffle. Il s'affaissa une nouvelle fois, tel un sac vide.

«Trop tard», chuchota quelqu'un dans mon dos.

Le médecin se tourna vers ma mère et je me tournai vers Alfredo. Son visage inexpressif ressemblait à un masque de plâtre.

«Madame, vous êtes de la famille?

– Je suis sa mère.

– Suivez-nous.»

À son signe, les infirmiers empoignèrent Alfredo et le déposèrent sur une civière, qu'ils emportèrent rapidement. Trop rapidement.

Ils emmenèrent aussi ma mère.

Je descendis dans la cour et regardai partir l'ambulance, dont les roues laissèrent un sillage de poussière dans la rue.

Je pensai que c'était trop tard.

Je pensai que j'aurais voulu mourir à sa place, juste pour ne pas avoir à attendre.

J'attendis pendant des heures.

Je crus devenir folle.

Puis le téléphone sonna.

« Beatrice ? »

C'était ma mère.

« Maman, s'il est mort ne me le dis pas. Ne me le dis pas, sinon je mourrai moi aussi.

– Calme-toi, Bea, calme-toi. Il est tiré d'affaire. Ça s'est joué à un cheveu. Mais il est tiré d'affaire.

– C'est vrai ? Tu ne dis pas ça pour me consoler ?

– Non, sois tranquille. Il est en vie.

– Quand est-ce que je pourrai le voir ?

– Je pense qu'ils vont bientôt me laisser entrer. Ton père est là ? »

Je fondis en larmes, épuisée.

« Maman, je me contrefous de papa ! Je ne sais pas où il est !

– Bon, ça ne fait rien, ne t'énerve pas. Laisse-lui un mot, prends l'autobus et viens. »

Je ne me le fis pas répéter deux fois.

Tandis que je dévalai la rue qui mène de la Forteresse au reste de la ville, les pensées se pressaient dans ma tête.

Je n'en ai mémorisé qu'une.

Heureusement, il est en vie. Au moins, je vais pouvoir le tuer de mes propres mains.

36

Les médecins de l'hôpital avaient été clairs.

J'avais compris. Comme Alfredo, qui avait arrêté ses études de bonne heure.

À ta prochaine overdose, et tu peux être sûr que ça arrivera, tu y passeras.

Ce n'était pas compliqué. S'il continuait, il n'atteindrait pas ses dix-neuf ans.

Ça l'avait un peu effrayé.

Immobile dans le lit d'hôpital, il me murmura à l'oreille qu'il ne recommencerait pas. Il ne voulait pas mourir pour des conneries. Il ne voulait pas devenir un junkie. Il voulait décrocher.

Pour ça, il avait besoin de psychologues et de méthadone.

Le médecin des urgences nous donna, à ma mère et moi, une adresse.

L'adresse d'un centre spécialisé de soins aux toxicomanes.

D'après lui, c'était l'idéal. Si Alfredo suivait les indications des médecins, il s'en sortirait. Il n'était pas trop tard, il faudrait juste le surveiller : à présent, il était animé des meilleures intentions, mais l'envie de se défoncer le reprendrait.

Je n'eus pas un instant d'hésitation. Le lendemain matin, je me rendis au supermarché et annonçai que je démissionnais.

Je le regrettais, mais je n'avais pas le choix. De deux choses l'une : ou je cessais de travailler, ou Alfredo se tuerait. À eux seuls, mes parents ne parviendraient pas à le gérer.

Ma présence s'imposait.

Je téléphonai au Centre de soins trois jours plus tard. Assis près de moi, Alfredo jouait nerveusement avec ses cheveux. Il m'avait priée d'appeler à sa place, prétendant qu'il avait honte. Il n'aimait pas discuter au téléphone avec des inconnus.

Les médecins furent gentils. Ils nous fixèrent un rendez-vous un mardi matin pour déterminer le genre de thérapie dont Alfredo avait besoin.

Je l'accompagnerais : j'avais peur qu'il replonge, une fois livré à lui-même.

Le mardi en question, le soleil brillait, mais il faisait un froid de loup. L'hiver, chez nous, est humide, le froid vous pénètre jusqu'aux os et les ramollit comme de la gélatine.

Nous avions passé une semaine infernale, avec Alfredo qui se tordait de douleur et vomissait chaque fois qu'il tentait de se lever.

Il se plaignait d'avoir mal au dos, de souffrir de nausées. Incapable de bouger, il se bourrait d'aspirine et fumait cigarette sur cigarette – trois paquets par jour. Parfois il s'endormait, un mégot entre les doigts. Il fallait veiller à le lui enlever avant qu'il ne mette le feu.

Ce matin-là, il gémissait encore plus que d'habitude, m'usant les nerfs. Assise sous l'abribus, j'essayais de me distraire en contemplant le va-et-vient des gens qui allaient travailler. Si la plupart d'entre eux nous ignoraient, certains nous regardaient. Je leur semblais sans doute normale. Mais avec son teint blafard, ses cernes, sa façon de s'endormir au milieu d'une phrase, Alfredo avait tout du junkie.

Dans le bus, on s'installa au dernier rang, à l'endroit le plus chaud, juste au-dessus du moteur. Malgré la foule, personne ne vint s'asseoir sur les deux sièges voisins. Les passagers nous observaient à la dérobée et gardaient leurs distances. J'avais l'impression de promener un pestiféré.

« Bea ?

– Quoi, Alfredo ?

– À ton avis, qu'est-ce qu'on va me faire ?

– Qu'est-ce que j'en sais ? Je ne suis pas médecin !

– Ils vont m'examiner ?

– Oui, je pense.

– Et puis ?

– J'en sais foutrement rien, tais-toi un peu !

– Oh, qu'est-ce que t'es chiante ! Avec toi, on ne peut jamais parler. Espèce d'aigrie ! »

Il se tourna vers la vitre et regarda dehors.

Le silence s'abattit sur nous. Trente secondes de précieux et inestimable silence.

« Bea…

– Putain, qu'est-ce que tu as ce matin ?

– On va me faire des analyses ?

– Sûrement. Pour voir le taux de merde que tu as dans le sang.

– Fait chier.

– Ne me dis pas que les seringues te font flipper, alors que tu t'es piqué pratiquement partout !

– Tu sais quoi ? Je ne supporte pas que les autres me piquent. Ça n'est jamais arrivé. J'ai toujours fait ça seul.

– Voilà, c'est bien, tu n'as qu'à dire aux médecins que tu es spécialiste et que tu t'en chargeras. »

Naturellement, les médecins ne l'autorisèrent pas à toucher la seringue.

À notre arrivée, on patienta une heure dans une salle d'attente qui sentait si fort le désinfectant que j'en eus l'estomac retourné.

J'essayai de me distraire en lisant une revue consacrée aux travaux de couture, en vain.

Il y avait d'autres gens dans la pièce, mais j'étais la seule à être normale. Alfredo parlait avec ses semblables. Ils se disaient qu'ils étaient décidés à décrocher, que c'était le moment, qu'ils n'avaient pas peur du manque. Ils tentaient de se convaincre mutuellement qu'ils pouvaient y arriver.

Ils me faisaient pitié et m'énervaient.

Enfin, ce fut notre tour. On parcourut un couloir vert ponctué de multiples portes. Il y avait là des médecins, reconnaissables à leur blouse blanche et à leur air sain, des toxicos, et quelques accompagnateurs aux traits tirés et las. Assis sur des chaises inconfortables, ils attendaient, la tête appuyée contre le mur.

Je pensai que j'étais comme eux, ou en tout cas que je finirais par l'être. Un jour j'en aurais assez. Un jour je n'aurais plus envie de redresser Alfredo à coups de pied au cul. Je m'en ficherais, je me résignerais en fermant les yeux comme ces gens-là, je le laisserais partir.

J'espérais que ce jour-là n'arriverait pas.

De temps en temps, un médecin sortait d'une pièce et appelait à voix haute un patient qu'il invitait à entrer.

Quand vint le tour d'Alfredo, je restai dans le couloir.

J'aperçus dans l'entrebâillement de la porte une salle blanche et lumineuse, un lit d'examen, des appareils et des instruments étranges. Un médecin examina Alfredo, braqua sur ses pupilles une petite torche et prit sa tension. Enfin, il lui préleva du sang.

Puis il l'envoya chez une psychologue. Alors qu'il passait devant moi et pénétrait dans une autre salle, il sourit en levant le pouce : tout semblait bien se dérouler.

On resta là près de trois heures.

Pendant que je patientais, je me rendis compte qu'Alfredo n'était pas un cas unique, que nous n'étions pas les seuls à la Forteresse à faire ce genre de choses, que certains étaient dans un plus sale état que lui. Ils ne tenaient même pas debout, il fallait les porter sur le dos.

Non loin de là se trouvait une pièce d'où les malades ressortaient munis d'un gobelet en plastique dont ils avalaient le contenu en une gorgée.

De la méthadone.

On en donna aussi à Alfredo.

Après, il allait mieux. Son visage s'était un peu coloré, son nez ne coulait plus. Il cessa de se plaindre du mal de dos.

Il rentra, satisfait.

La méthadone, c'était le pied, ça ne procurait pas de flash, bien sûr, mais un certain bien-être, ça effaçait les douleurs et, de surcroît, c'était gratuit. Bref, c'était mieux que rien.

Alfredo ne prononça pas ces mots, mais je le connaissais bien, je le connaissais mieux que quiconque. Je savais qu'il les pensait.

Et ça m'inquiétait.

Tous les mardis et tous les samedis, on retournait au Centre. Ça aurait pu être pire, me disais-je : certains junkies étaient obligés d'y aller tous les jours.

Je l'y accompagnais chaque fois. De temps en temps, ma mère proposait de me remplacer, mais je refusais : Alfredo l'aurait facilement dupée. Avec moi, c'était impossible et il en était conscient. Il se tenait donc à carreau, supportait patiemment mes décisions comme ses douleurs. Il voulait me montrer qu'il s'était rangé, me convaincre qu'il était redevenu l'Alfredo de toujours. Il cherchait mon approbation à tout prix.

Désormais on était plus unis que jamais. Et pourtant au fond de nous, dans un recoin inaccessible, on s'était égarés, dissous, dissociés. La fissure qui avait caractérisé nos relations depuis des années s'était approfondie, elle avait creusé un fossé. On était ensemble tout en étant éloignés, sur deux planètes différentes.

Je voyais Alfredo s'évanouir, se rapetisser, perdre sa netteté.

Et je n'avais plus confiance en lui.

37

C'était moi qui amenais Alfredo chercher la méthadone, moi qui le raccompagnais chez lui. Moi qui lui préparais ses repas, moi qui lui tenais la tête quand il vomissait, moi qui l'immobilisais de toutes mes forces quand les effets chimiques cessaient et qu'il souffrait du manque, moi qui avais été bien obligée de devenir forte parce que je n'avais pas le choix.

Tous les quinze jours, les médecins diminuaient la dose de méthadone.

Ils affirmaient qu'il répondait bien au traitement.

Le mardi et le mercredi, il allait bien, il paraissait normal. À notre sortie du Centre, il avait envie de se promener et de manger une glace même si, en ce mois de février, il demeurait difficile d'en trouver. On parcourait la ville, arpentant les rues et regardant les vitrines, on se fichait de la tête des passants. On était bien, on s'amusait. Le mardi et le mercredi, je me rappelais l'Alfredo d'autrefois.

Le jeudi, son état se détériorait brusquement.

Il n'avait plus envie de se lever. Il restait couché jusqu'à une heure de l'après-midi. Je me réveillais tôt et le surveillais, je n'aimais pas son regard absent.

Je m'autorisais tout au plus à descendre chez mes parents, et les rares fois où je m'éloignais, je l'enfermais à clef.

Oui, lorsque le jeudi arrivait, je savais à quoi il pensait. À se shooter.

En début d'après-midi, il commençait à respirer avec difficulté, comme s'il avait une crise d'asthme. Il avait mal aux os et à l'estomac, il ne savait pas comment se tenir. Les antalgiques le soulageaient pendant une heure ou deux, puis les douleurs revenaient.

Le soir, il transpirait abondamment, sa peau luisait, glissait, il était incapable de quitter le lit.

Parfois, quand je l'entendais hurler, je m'enfermais dans la salle de bains. Je me bouchais les oreilles et fondais en larmes.

J'aurais volontiers souffert à sa place pour ne plus le voir dans cet état. J'étais plus forte, je pouvais résister.

Le vendredi, c'était l'enfer.

Plus d'une fois, éreintée, j'envisageai de le tuer afin d'abréger ses souffrances. Et de me suicider ensuite.

Même les coups étaient inefficaces. J'ignore où il puisait sa force. Il voulait sortir, il voulait aller s'acheter une dose. Et comme je l'en empêchais, il enrageait.

Une nuit, il fit assez de tapage pour réveiller tout l'immeuble.

Cette nuit-là, je feignais de dormir dans les draps trempés de sueur, gênée par sa respiration laborieuse.

Il se leva en titubant. Dans la faible lumière qui s'échappait du couloir, je distinguai sa silhouette gracile pliée en deux. Il se traînait.

« Alfredo, où tu vas ?

— Je suis mal, Bea. Très mal.

— Recouche-toi. Je vais te chercher une aspirine.

— Tu peux te la mettre où je pense, ton aspirine. Ça ne me fait aucun effet.

— Si, ça te soulage un peu.

— Rien à foutre, je sors.

– Tu ne tiens même pas debout, tu ne vois pas dans quel état tu es ?

– Je vais à l'amphithéâtre. J'irai à genoux s'il le faut, mais tu peux être sûre que j'irai.

– Impossible. Tu ne sors pas. Je ne te laisserai pas aller acheter ta came.

– Putain, tu ne vois donc pas comment je suis ? Tu ne vois pas ? » Il s'adossa au mur et se laissa glisser par terre. Il était le désespoir incarné.

Blottie dans le lit, je gardai le silence en attendant qu'il se ressaisisse. Au bout d'un moment, il redressa la tête.

« J'y vais. »

Ses douleurs s'étaient peut-être atténuées. À moins que le besoin physique ne lui donne l'énergie nécessaire. En tout cas, il se leva et avança d'un pas décidé.

Trop décidé.

Je bondis hors du lit, et allai me planter devant la porte.

Je savais que je courais un risque. Un junkie en manque tuerait sa mère pour une dose.

Mais je n'étais pas sa mère.

Sa mère était morte.

Il ne me toucherait pas.

« Casse-toi ! » Son regard était absent. Il me fixait sans me voir. Sans me voir du tout.

« Tu es demeuré, ou quoi ? Tu n'as pas percuté ? Tu ne sors pas.

– Bea, casse-toi !

– Sinon, qu'est-ce que tu feras ?

– S'il te plaît, ne m'oblige pas à te faire du mal, tu ne comprends pas.

– Non, je ne comprends pas. Je ne comprends pas comment tu peux accepter cette vie de merde. Tu es incapable de supporter la moindre douleur. Les gens gâchent leur vie pour toi, et toi, tu t'en fiches complètement. Tu n'arrêtes pas de te plaindre. Tu passes ton temps à pleurnicher, à dire que c'est plus fort que toi, alors que tu n'essaies même pas. Ça fait des années que tu gémis, tu es un raté, un toxico de merde, tu ne vaux rien. »

Il se fichait de mes insultes. J'aurais pu l'insulter jusqu'à en perdre la voix, l'insulter en chantant, faire des vocalises d'insultes, il ne m'entendait même pas. Il cherchait juste le moyen de me chasser.

« D'accord, d'accord. J'ai compris, Bea. Tu as raison. Je n'irai pas à l'amphithéâtre, tu m'as convaincu. Je descends juste prendre un peu d'air, il fait trop chaud ici. Je ne m'éloignerai pas, je te promets.

– C'est ça. Tu ne t'éloignes pas, et moi, je suis une conne.

– Casse-toi, sale pute! »

Son cri me transperça les tympans. Je n'imaginais pas qu'il pouvait crier aussi fort.

Mais j'étais plus rusée que lui.

« Qu'est-ce que tu vas faire, hein? Tu vas me tuer? Tu vas me tuer, hein, Alfredo? Tu vas me massacrer comme ton père? »

Il écarta les bras. Qu'il prenne donc un couteau et qu'il essaie de me descendre, pensai-je.

« Allez, espèce de con. Tue-moi. Voyons voir si tu as des couilles. Fais-le, sinon c'est moi qui te tuerai. »

Je tremblais.

Immobile, il me dévisageait d'un air terrifiant. Il ne m'aurait jamais tuée, pas même dans cet état. Mais il était terrifiant.

Il pivota et balança son poing contre le mur, faisant tout trembler. Je respirai.

« Espèce de salope! Putain! Suceuse de bite! Tu veux ma peau! Va te faire foutre, Bea, va te faire foutre! »

Il était incapable de me frapper, et cela le rendait dingue. Pour se défouler, il se mit à hurler.

C'est alors que des coups de pied s'abattirent sur la porte. Je m'écartai, tirai le verrou. On nous avait entendus.

Il y avait sur le palier quatre ou cinq personnes, mais mon père fut le seul que je vis entrer. Il saisit Alfredo par le cou, comme une serpillière ou une poupée en plastique. Il le traîna par les cheveux jusqu'au lit et le jeta dessus.

La gifle fut tellement forte qu'elle résonna dans toute la pièce.

Il ne l'engueula pas. D'une voix calme, il lui ordonna d'arrêter de déconner et de se recoucher.

Puis il se retourna et me flanqua une gifle à moi aussi. Avec moins de force, certes, mais de quoi vous réveiller.

« La prochaine fois donne-lui donc un couteau, comme ça tu seras sûre qu'il te mettra en pièces. »

Alfredo se redressa en toussant.

« Je ne l'aurais pas touchée. Je ne lui aurais rien fait. Je préférerais me faire tuer. »

Je gardai le silence. La joue en feu.

Quand tout le monde fut reparti, je m'assis près de lui sur le lit en désordre.

Il s'écarta.

« Tu sais très bien que je ne t'aurais pas touchée.

– Je sais. Je sais que tu ne m'aurais rien fait. »

Je l'étreignis et posai la tête sur son épaule. Il fondit en larmes.

J'étais avec lui, et j'étais la seule personne qui lui restait. Ce qui nous arrivait était horrible. Nous aurions dû être heureux. Nous aurions dû vivre notre vie. Au lieu de nous efforcer, agrippés l'un à l'autre, de ne pas mourir.

J'avais l'impression qu'Alfredo était adulte, mais c'était juste un gamin de dix-neuf ans au bout du rouleau.

Et moi, qui avais quelques mois de plus, je me sentais vieille et vide, comme si j'avais déjà tout vécu. Comme si la vie était concentrée là, et m'avait déjà rongée.

« Allez, arrête de pleurer. Dans quelques heures on ira au

Centre, tu descendras un litre de méthadone et tout s'arrangera, tes douleurs disparaîtront.

— Si tu savais ce que je me fous de la méthadone et de la poudre. Si tu savais ce que je me fous des douleurs.

— Alors pourquoi tu pleures ?

— Je ne sais pas. Je ne sais pas pourquoi je pleure. Je ne voulais pas être comme ça. Merde, je ne voulais vraiment pas.

— L'héroïne est un remède quand on a le courage de lui donner sa vie. Et toi, tu ne l'as pas.

— Non, je ne l'ai pas. Tant mieux. Tout à l'heure je ne t'ai rien fait. J'aurais pu te tuer, mais je ne t'ai rien fait. Je crois que je t'aime, Bea. »

C'était la première fois qu'il me le disait.

38

L'état d'Alfredo s'améliora pendant un certain temps. Il prit des doses de méthadone de plus en plus faibles, puis arrêta. Au début, ce fut dur, mais il ne se plaignit pas. Il résistait, je le voyais, même s'il n'était pas bien. Maintenant c'était lui qui me demandait de l'enfermer à clef, quand les symptômes du manque devenaient insupportables. Il disait qu'il faisait ça pour moi. Qu'il se foutait de lui-même, pas de moi, que c'était la seule chose qui l'empêchait de se shooter.

Il regrossit un peu, recommença à manger et à dormir à un rythme normal.

L'hiver se termina, l'été arriva, puis s'écoula lentement sans apporter de grands changements. En novembre, Alfredo fêta ses vingt ans et je lui rendis les clefs de son appartement en guise de cadeau d'anniversaire.

Je n'avais plus peur qu'il m'échappe pour acheter de la poudre, même s'il se défonçait à coups de pétards. Ça me convenait, et on se défonçait ensemble, je lui offrais même de l'herbe quand il n'avait pas d'argent. Je lui en aurais offert un camion pour le récompenser d'avoir décroché, pour avoir compris que l'héroïne n'était pas pour lui.

Que l'héroïne le tuait.

J'étais retournée à une vie normale. Je vivais chez mes parents et couchais dans mon lit. Je me réjouissais de ne plus avoir à le surveiller sans cesse. Désormais je ne serais plus son geôlier.

On ne reparla plus de cette nuit-là, on l'avait oubliée. On avait tendance à noyer le souvenir de toutes les épreuves, à l'ensevelir sous une couche épaisse de quotidien.

Je pensais que c'était terminé, que la parenthèse s'était refermée.

Je me trompais.

C'était peut-être le milieu qui nous avait produits. On avait peut-être ça dans le sang. C'étaient peut-être les gens qu'on fréquentait, l'ennui, l'absence de buts. La certitude de ne pas pouvoir évoluer, la prise de conscience de l'inéluctable. Dehors, les années se succédaient, et le monde changeait. Au fond de nous-mêmes, on restait figés.

On n'avait pas de raison de vivre, on n'était pas capables d'en trouver une. On vivait, un point c'est tout.

Alfredo n'était pas meilleur que les autres, mais j'avais confiance en lui. J'avais tort. Il se ficha de moi une fois de plus. Il se ficha de nous tous. Il se ficha de lui-même, avec tous ses beaux discours d'ancien junkie.

Il replongea.

Il avait essayé de décrocher, mais ça ne servait à rien : depuis deux ans, l'héroïne était son obsession. Il avait donné un sens à sa vie. Et, même si c'était une raison merdique, il ne pensait qu'à ça. Il n'avait jamais cessé d'y penser.

Il attendait juste le bon moment pour repasser à l'acte.

39

Il me manquait de l'argent.

Je m'en étais aperçue un matin, en descendant au marché avec Arianna. J'avais vu sur un étal un manteau qui me plaisait. Noir avec des broderies bleues.

Il me plaisait vraiment, mais je n'avais pas sur moi de quoi l'acheter. Et l'apport d'Arianna n'aurait pas suffi puisque le vendeur refusait de le solder.

Je le priai de me le mettre de côté pendant une heure, le temps de repartir et de revenir avec la somme nécessaire.

Il me restait quelques économies de l'époque où je travaillais. Une année s'était écoulée depuis que j'avais démissionné pour m'occuper d'Alfredo. Mais mes dépenses étaient maigres, et je n'avais pas encore touché à mon dernier salaire. Pas entièrement, du moins.

Je conservais mon argent dans une vieille boîte de chocolats, à l'intérieur du placard de ma chambre. Tout le monde le savait. Mes parents l'avaient refusé quand ils en avaient eu besoin : cet argent m'appartenait, il n'appartenait qu'à moi, avaient-ils dit, même si je le leur aurais volontiers donné.

Avec le temps, notre situation s'était améliorée. Mon père avait trouvé un emploi et avait fait engager mon frère. Ils étaient peintres en bâtiment pour une entreprise de rénovation. Leur paie n'était pas négligeable, et comme il y avait maintenant deux salaires à la maison, je pouvais m'autoriser un caprice. Je n'avais pas besoin de ce manteau, puisque j'utilisais encore la doudoune rouge de l'année précédente, mais je le voulais.

Ainsi, je serais la seule du groupe à avoir deux vêtements d'hiver.

Une fois arrivée, j'allai récupérer ma boîte que j'apportai dans la cuisine, où ma mère préparait du café pour Arianna.

Je l'ouvris.

La liasse de billets qu'elle contenait me parut beaucoup plus mince que dans mes souvenirs. Je les comptai quatre fois, et quatre fois le compte fut inexact.

Il manquait quarante mille lires.

Une somme énorme pour moi.

Je levai les yeux vers ma mère. « Il me manque un tas de fric.

— Regarde bien. Tu as peut-être oublié que tu les avais dépensés.

— Vous n'y auriez pas touché, vous autres ?

— Tu crois que je pourrais voler l'argent de ma fille ? Pour qui me prends-tu ?

— Et Francesco ?

— Lui non plus. Bea, personne n'a pris ton argent, tu as dû mal faire tes calculs.

— Putain, maman, si j'avais dépensé quarante mille lires, je m'en souviendrais ! La dernière fois que j'ai vérifié, la somme était intacte ! »

Ma mère ouvrit le bahut, en tira trois tasses à café qu'elle remplit. Elle demanda à Arianna combien elle voulait de sucre, Arianna répondit « deux cuillerées ».

Je ne comprenais pas comment elle pouvait aimer ça. Je préférais le café sans sucre, mais j'étais bien la seule. Alfredo, lui, y ajoutait non seulement du sucre mais aussi du lait.

Alfredo.

Une association d'idées naturelle.

« M'man, c'est Alfredo.

– Qui a pris l'argent ? Tu es folle ?

– J'en suis certaine.

– Et qu'est-ce qu'il pourrait bien en faire ?

– D'après toi ?

– Il a arrêté, Bea, il ne se shoote plus.

– Ce genre de mecs n'arrêtent jamais. Ils font juste semblant. »

Dehors, le ciel s'assombrissait. Je regardai les nuages qui annonçaient la pluie et me dis que je n'avais pas envie de tout recommencer.

Je voulais vivre ma vie et savourer mes vingt ans. Je ne pouvais pas les gaspiller en m'occupant d'un imbécile.

Je décidai de laisser tomber, de ne pas approfondir. J'ignorerais Alfredo, tout simplement.

En fin de compte, c'était sa vie, il n'avait qu'à la mener à sa guise. Et puis je pouvais me tromper, si ça se trouve il n'avait pas volé cet argent, j'avais peut-être mal compté.

Tout en sachant que je ne tarderais pas à être déçue, je m'agrippai à cet espoir.

Car c'était ma nature. J'étais incapable de renoncer, incapable de faire semblant de rien. J'avais déjà essayé, sans succès.

Quand il s'agissait d'Alfredo, la vérité semblait devoir s'imposer de force, me montrer ce que je n'avais pas encore vu, les côtés obscurs qui remettaient en question la relation la plus complexe que j'avais avec quelqu'un.

Alfredo me donnait le sentiment d'être impuissante.

Et il n'y avait rien de plus désagréable au monde.

Je m'abstins donc d'accuser Alfredo, ou d'aborder seulement le sujet avec lui. Et ce pendant plusieurs jours. Mais à chaque heure, à chaque instant, je voyais ressurgir sur son visage et sur son corps de petits détails insignifiants pour quiconque, mais pas pour moi.

Sa pâleur. Ses lèvres gercées. Ses paupières lourdes, ses pupilles en tête d'épingle. Les coups de sommeil subits. J'avais l'impression d'être replongée dans un de ces rêves où tout se répète à l'infini.

Alfredo avait de nouveau cessé de manger sous prétexte qu'il avait mal à l'estomac.

Il jeûnait des journées entières. Il était dans un tel état qu'il ne remarquait même pas que je l'étudiais. Il ne songeait qu'à dormir. Plus d'une fois, en le regardant ronfler, assise au bord de son lit, j'envisageai sérieusement de l'étouffer avec un oreiller.

Si je ne le tue pas, pensais-je alors, il finira par me tuer, moi. Et je ne pouvais pas l'y autoriser.

Je valais mieux que lui.

Un soir, au dîner, je le lui dis.

Ma mère venait d'égoutter les spaghettis. On attendait tous, assis à la table, les yeux pointés sur le nouveau téléviseur. Désormais on en avait deux, comme les riches, et on ne se disputait plus pour choisir un programme.

C'était un appareil flambant neuf, que mon père avait installé sur le bahut de la cuisine. Il y rentrait tout juste, il semblait toujours en équilibre, mais c'était la seule position qui nous permettait de le regarder tous. Y compris Alfredo qui, ce soir-là, ne semblait nullement intéressé par le journal télévisé.

Ma mère remplit les assiettes et nous les distribua. On s'y attaqua. Alfredo se contenta de retourner les spaghettis du bout de sa fourchette, l'air ennuyé.

« Ne joue pas avec, le grondai-je comme s'il était petit. Mange-les.

– J'ai pas faim. »

D'énervement, je faillis lui jeter le dîner au visage, mais je demandai plutôt à la ronde : « Quarante mille lires ont disparu de ma boîte. L'un de vous sait où ils sont passés ?

– Bea, arrête!» Le ton de ma mère était incroyablement aigre. Si elle s'était adressée à moi d'une autre façon, je l'aurais peut-être écoutée. Sa tentative de me faire taire m'encourageait. Elle semblait aveugle. Décidée à défendre Alfredo à tout prix.

Et Alfredo ne méritait pas d'être défendu.

«Tu as besoin d'argent?» interrogea mon père, qui se levait déjà pour aller chercher son portefeuille. Son nouvel emploi le rendait généreux.

«Je n'en ai pas besoin. Je veux juste savoir où est passé le mien.»

Je me tournai vers Alfredo. Assis à côté de moi, il continuait de remuer sa fourchette dans les spaghettis qui refroidissaient.

«Tu le sais?»

Il leva la tête. Son teint était verdâtre.

«Non, se contenta-t-il de répondre.

– Je pense que oui, au contraire.

– Tu insinues que je l'ai volé?

– Non. Mais tu sais peut-être où il est passé.

– Beatrice, qu'est-ce que tu as ce soir? Tu es nerveuse?» me lança mon père.

Non, je n'étais pas nerveuse. Je voulais juste montrer que je n'étais pas dans mon tort. Peu m'importait l'argent: Alfredo pouvait le prendre, il pouvait prendre tout ce que j'avais. Il en était toujours allé ainsi. Ce qui était à moi lui appartenait. En revanche, je refusais qu'il se tue avec mes économies.

«Vitto, laisse-la tranquille, dit Alfredo dans un rire. Elle doit avoir ses trucs.»

Je me levai, renversant la chaise. «Tu as replongé! Et tu crois que je ne m'en suis pas aperçue?

– Beatrice, rassieds-toi. Ça va mal se terminer», menaça ma mère. En vain.

«Montre-moi tes bras, allez! Montre-les-moi!»

Je pensais qu'il refuserait, prouvant ainsi que j'avais raison. Mais il s'exécuta sur-le-champ. Il se leva et ôta son tee-shirt, puis tendit ses bras vers moi.

Ils étaient blancs. Tout blancs. Et l'on voyait ses veines en transparence. Maigres, comme toujours. En bonne santé. Sa peau était intacte, à l'exception de vieilles cicatrices, souvenirs des coups que lui avait assenés le vieux. Pas un bleu. Pas une croûte. Impossible de se tromper.

«Et maintenant, qu'est-ce que tu as à dire?»

Rien. Je ne pouvais rien dire.

Je relevai ma chaise et la remis à sa place. Je sortis à toute allure de la cuisine, du couloir, de l'appartement.

Je montai à l'étage supérieur. Là, personne ne me traiterait de folle.

Alfredo rentra deux heures plus tard. Je m'étais endormie, mais en entendant le bruit de la porte, je bondis sur mes pieds.

Sa silhouette blanche et fine apparut sur le seuil.

«Tu as terminé de te donner en spectacle?» Sa voix était normale. Elle n'avait rien de pâteux. Et sa langue ne glissait pas sur les syllabes, elle les prononçait toutes correctement. Il était lucide.

Et il voulait s'offrir le luxe de me sermonner.

«Tu es clean?

– Je suis clean depuis des mois, Bea. Tu as pété un câble, tu vois des trucs qui n'existent pas. Cette scène, ce numéro de tarée… Si je ne t'ai pas giflée, c'est uniquement parce que tes parents étaient là. Mais c'est la dernière fois. Arrête de m'asphyxier, arrête d'être sur mon dos. Et pour rien. Tu te fais juste du mauvais sang.»

Il se déplaçait dans la chambre mal éclairée en repliant les vêtements qu'il avait laissé traîner. Il fuyait mon regard. Sa voix était assurée et son ton arrogant, mais il avait les yeux rivés au sol.

Pour sûr, il croyait m'avoir, mais il n'y était jamais parvenu tout au long de ces années. Ce n'était pas maintenant qu'il y arriverait.

Je simulai la culpabilité en affichant un sourire contrit qui me tira sur le visage, me fendit la peau.

«Tu as raison. Je n'ai rien dit.»

Alfredo soupira et prit un air de martyr. C'était insupportable. Je préférais le voir furibond. Je préférais même sa tête de junkie.

«Tu ne me crois pas, dit-il. Tu n'as pas confiance en moi.

– Ce n'est pas nouveau. Je n'ai jamais eu confiance en toi.

– Tu es ma famille, Bea. Je n'ai que toi. Toi seule comptes. Et moi, j'ai confiance en toi.

– Mais moi, je ne suis pas une junkie.

– Tu comptes me reprocher ça jusqu'à la fin de mes jours?

– Ouais, je crois.

– Putain, quelle connasse!

– Laisse tomber, Alfredo. De toute façon, tu me connais.»

Il s'approcha et m'enlaça.

Il me pardonnerait. Il me pardonnait toujours.

C'était moi qui ne pouvais pas lui pardonner.

40

Je n'étais pas débile : Alfredo avait replongé, c'était aussi clair que la lumière du jour.

Il y avait des signes manifestes, à commencer par son visage de plus en plus émacié. Mais personne ne voulait me croire. Pour les membres de ma famille, l'absence de marques et de seringues signifiait qu'il était clean.

Seule Arianna m'écoutait.

Elle m'approuvait. Non parce qu'elle était ma meilleure amie : elle voyait bien qu'Alfredo avait de nouveau changé. Il ne s'était pas désintoxiqué. Il se foutait de nous.

Il ne s'était pas transformé en brave garçon. Non, il était même allé jusqu'à piquer mon argent pour s'acheter de la poudre. Il était juste devenu plus rusé, il maîtrisait mieux les effets de l'héroïne, il évitait les situations embarrassantes.

Il ne laissait pas de trace, ni dans l'appartement ni sur sa peau.

Mes parents affirmaient que j'étais parano, que j'étais traumatisée, que je voyais des drogués partout. Ils affirmaient qu'Alfredo allait bien. J'aurais voulu les croire, désespérément. Et pourtant je n'y arrivais pas.

C'est ainsi que je décidai de le suivre.

Un matin de bonne heure, j'annonçai que j'allais voir Cristina, qui avait accouché quelques jours plus tôt. Mais, au lieu de sortir, je me cachai sous l'escalier, cet endroit sombre qui nous terrifiait autrefois, là même où nous avions fumé nos premiers joints.

Des milliers d'années semblaient s'être écoulées depuis. Cette cachette avait perdu tout son charme : elle n'était plus un lieu obscur et secret, elle ne pouvait plus nous protéger. Elle était redevenue un coin sordide et sale, exigu, dont l'odeur de pisse vous retournait l'estomac.

Il ne me restait plus qu'à fumer cigarette sur cigarette : je finirais par m'y habituer, pensai-je. Je n'avais pas d'autre endroit où attendre.

Alfredo quitta l'immeuble une heure plus tard. J'entendis ses pas se rapprocher et je m'aplatis contre le mur. Mais j'étais tellement à l'étroit qu'il lui aurait suffi de se retourner pour me débusquer.

Il franchit le seuil, les mains dans les poches. Il paraissait détendu et de bonne humeur. Avec un peu de chance, il ne remarquerait pas ma présence.

Je lui laissai prendre un peu d'avance puis sortis à mon tour.

Il avait presque atteint le bout de la rue. Ses grandes enjambées m'obligeaient à courir pour éviter de me faire distancer.

Je rasais les murs. Chaque fois que je craignais qu'il ne se retourne, je me dissimulais entre les voitures, au bord du trottoir. Mais il ne se retourna pas. Il marchait tout droit, une écharpe que ma mère lui avait offerte autour du cou, une ancienne veste de Massimiliano trop grande pour lui sur le dos.

Le ciel était bas, mais Alfredo avançait d'un pas joyeux dans le froid et la grisaille de la Forteresse, si mal protégé par sa veste usée.

Je crus qu'il se dirigeait vers l'immeuble où vivait Enrico. J'espérais l'y voir entrer : certes, Enrico était stupide, arrogant, déplaisant, mais au moins il n'était pas drogué. Ce serait la preuve que je me trompais.

Il atteignit l'immeuble.

Il va y entrer, me dis-je.

Mais il n'y entra pas. Il longea la façade, tourna au coin de la rue et disparut de mon champ de vision. Je m'élançai.

Il allait à la maison en ruines.

Cela faisait des années que je n'étais pas passée devant. Rien n'avait changé. Ni les murs délabrés, ni les poutres du toit nues, ni les vitres cassées, ni le panneau de la mairie portant la date de naissance d'Alfredo, abandonné et étouffé par les ronces.

C'était le même jardin, avec ses mauvaises herbes et un banc de bois pourri. Avec sa grosse pierre oblongue dévorée par les intempéries, peut-être une ancienne table.

Blottie parmi les végétaux qui avaient tout envahi, je vis Alfredo soulever non sans mal un coin de la pierre. Elle dissimulait une cavité. Il en tira un sac en papier marron.

Que pouvait-il y avoir dedans ? J'avais les jambes tremblantes et la bouche sèche.

Alfredo s'accroupit par terre, près du banc, et ôta sa chaussure.

Il puisa dans le sac en papier un miroir. Un de ceux que les filles utilisent pour se maquiller, un petit miroir en fausse écaille, au dos frappé d'une fleur en vernis rouge. Je le connaissais. Il m'appartenait.

Il faut que je l'arrête, pensai-je. Mais je ne bougeai pas.

Je demeurai immobile parmi les plantes, agenouillée sur les cailloux, comme en punition.

Comme si je voulais me torturer en revoyant la même scène, en regardant tous mes espoirs voler en éclats et mes craintes devenir réalité, se renforcer, me déchirer.

Alfredo fixa le miroir sur un bout de bois pourri. Puis il prit dans le sac d'autres objets.

Il n'avait jamais été doué pour quoi que ce soit, ceci excepté. Sérieux, concentré, il effectuait des gestes précis à la manière d'un médecin, un vrai médecin. Même s'il était assis sur la terre, dans cette veste usée aux coudes et ce jean déchiré aux genoux.

Même s'il écartait ses cheveux de son cou, se tâtait la gorge à la recherche de la veine la plus secrète, de son reflet dans mon miroir frappé d'une fleur de la même couleur que ma doudoune et que le sang dans la seringue.

Je fermai les yeux.

Le rouge s'ancra sous mes paupières.

Quand je me relevai, j'avais l'impression qu'il s'était écoulé cent ans.

Alfredo était immobile sur le banc, la tête renversée en arrière.

Il m'entendit arriver, mais il ne bougea pas. Il n'en avait pas la force.

«Je suis désolé, Bea», se contenta-t-il de dire. Son débit était lent, mais ses mots parfaitement compréhensibles.

«Tu es désolé de quoi?

– D'être comme ça.

– Tu savais que je te suivais?

– Oui.

– Pourquoi tu ne m'en as pas empêchée?

– C'était la seule façon de te le dire.»

Je m'accroupis à côté de lui. Dans mes yeux, il n'y avait plus de rouge, ni même le visage d'Alfredo. Il n'y avait plus que le ciel gris.

«Tu es en colère?

– Non. Je suis juste fatiguée.»

C'était la vérité. Je n'étais pas en colère. Je ne sentais plus rien, à l'exception d'un mal de ventre lancinant. Une douleur incessante qui semblait sur le point de me dévorer de l'intérieur.

«Tu te rappelles le jour où on est venus ici, quand on était petits? C'était l'hiver comme aujourd'hui, mais il y avait tant de brouillard qu'on ne voyait pas à un mètre.

– Ouais. Tu ne voulais pas entrer et tu es retournée sur tes pas. Tu avais peur des rats.

– Ouais, quelle idiote. Les rats sont inoffensifs. Il y a pire…
Tu sais ce que j'aimerais ? Qu'il y ait de nouveau du brouillard.

– Du brouillard ? Pourquoi ?

– Bof, pour ne pas te voir partir.

– Je ne pars pas, Bea. Je suis ici avec toi. Je suis super bien ici
avec toi.

– D'une certaine façon, tu es déjà parti depuis longtemps. »

Le corps d'Alfredo était froid, presque autant que le mien.
Sous ma joue, sa poitrine se soulevait lentement. L'air était glacial,
beaucoup plus qu'avant.

Le ciel s'ouvrit et déversa sur nous une pluie amère qui nous
trempa en un instant.

Alfredo restait immobile, laissant l'eau couler sur son visage,
dans ses cheveux, sur sa plaie. Il me serra contre lui.

Nous savions que le froid venait du dedans.

Rien ne vous réchauffe, pas même la poudre, quand vous
vous égarez.

41

J'avais encore une carte à jouer. Désormais j'y pensais de plus en plus. Depuis qu'Alfredo m'avait échappé, la situation s'aggravait rapidement.

Ma mère s'était résignée à voir en lui un drogué. Un soir je l'entendis parler de son cas, assise à la table de la cuisine, avec mon père.

C'était sans issue, affirmait-elle. Nous devions l'accepter tel qu'il était et garder espoir. Avec un peu de chance, entre abstinences et rechutes, il vivrait encore quatre ou cinq ans.

Ni mon père ni elle ne croyaient donc qu'il avait une chance de s'en tirer.

Moi oui. Je savais que je pouvais le sortir de là, il fallait juste que je trouve le moyen. Et ce moyen existait sûrement : certains décrochaient, tout le monde ne mourait pas.

Alfredo en ferait partie. Je ne le laisserais pas crever, ne serait-ce que pour prouver que j'avais raison.

J'avais juste besoin qu'on m'indique la marche à suivre.

Je finissais par exposer mon projet à ma mère. Ce qui équivalait un peu à lui demander son approbation.

Elle répondit qu'elle ne s'y opposerait pas si je pensais que ça marcherait.

Elle me donna de l'argent, même si j'avais encore quelques économies.

Je partis le lendemain matin, peu avant l'aube.

Je me rendis à la gare et pris le train pour Turin.

J'allais chercher de l'aide pour Alfredo.

J'allais voir Massimiliano.

J'avais obtenu l'autorisation de lui parler, l'adresse de la prison, les horaires et les jours de visite. Je savais donc comment me débrouiller à mon arrivée à Turin. Cela faisait des années que je n'avais pas quitté ma ville, mais je n'avais pas peur : je n'avais pas le choix.

À ma descente du train, il était déjà une heure. Sans me soucier de déjeuner, je montai dans un bus menant à la banlieue, où j'en attendis un second.

J'arrivai à la maison d'arrêt quelques minutes avant le début des visites. Je patientai en fumant nerveusement et en regardant les fenêtres des cellules, en haut, dans l'espoir de distinguer la tête blonde de Massimiliano.

Enfin, on m'autorisa à entrer. Un homme s'empara de mes papiers et inscrivit mon nom dans un registre. Il me demanda si j'étais de la famille du détenu et me confia à une femme.

Elle m'accompagna dans une petite salle, m'invita à ôter chaussures et chaussettes, puis me fouilla.

C'était la première fois, et ça me parut horrible, mais je demeurai immobile sans me plaindre, les pieds gelés, jusqu'à la fin.

Bien entendu, je n'avais rien sur moi, à l'exception des mauvaises nouvelles.

Quand elle eut terminé, elle m'amena dans une petite pièce sans fenêtres aux murs peints en bleu ciel.

Le parloir.

Je m'étais attendue à une salle bondée, à des vitres de protection et à des téléphones pour se parler de part et d'autre, comme dans les films. Mais il n'y avait là qu'une pièce banale, semblable à celles de l'aumônerie, des bancs adossés aux murs et quelques chaises en plastique.

Ainsi que deux portes. L'une, normale, par où j'étais entrée. L'autre, grosse, lourde, probablement blindée, et surveillée par deux hommes en uniforme.

Je la fixai un long moment. Quand elle s'ouvrit enfin, je fus estomaquée.

Devant moi se tenait un inconnu qui me regardait comme si j'étais un fantôme.

Il portait un pull en laine épaisse, un pantalon de survêtement informe et délavé. Des gants et un bonnet noirs. Il était grand et, à en juger par la façon dont lui allaient ses vêtements, très maigre.

Le visage émacié, les lèvres fines et les joues mal rasées. Je lui donnais l'âge de mon père, peut-être plus.

Debout au milieu de la pièce, il m'observait sans mot dire.

« Bordel, qu'est-ce que tu regardes ? » l'apostrophai-je en m'efforçant d'adopter une attitude menaçante.

Il sourit, et son sourire creusa ses rides profondes.

« Quoi ? Tu ne me reconnais pas ? »

Sa voix. C'était sa voix. Je l'avais entendue pendant des années, je l'aurais reconnue entre mille ! Mais ce vieux ne pouvait pas être lui.

Je n'arrivais pas à le croire.

« Massimiliano ? C'est toi ?

– Non, je suis ta grand-mère. Et si tu me disais bonjour ? »

Je me jetai à son cou, le faisant tituber, hésitant entre les rires et les pleurs.

On resta là, enlacés. Massimiliano m'embrassait sur les cheveux, les yeux, la bouche, le nez. Il paraissait heureux et désespéré.

« C'est bon de te voir, Bea, c'est bon. Pourquoi tu es là ?

– Il fallait que je te parle. J'avais des économies, je me suis acheté un billet de train. »

Je lui ôtai son bonnet. Ses cheveux blonds n'étaient plus bouclés, mais courts, coiffés en brosse.

« Qu'est-ce que tu as fait de tes cheveux ?

– Je les ai coupés. C'est plus propre, et puis ici… il vaut mieux ne pas les porter longs.

– Ça te va bien, mentis-je. Surtout ne change pas de coupe. Comment ça va ? Dis-moi la vérité, ou je m'en apercevrai tout de suite.

– Je vais bien. Je mange, je dors, je travaille. Je lis des livres, tu sais. L'aumônier m'en apporte. J'ai découvert la lecture, j'aime les romans d'aventure. J'ai aussi des copains. Des types comme moi. Sincèrement, Bea, je pensais que je ne m'y habituerais pas, mais on s'habitue même à la prison.

– Tu auras certainement une remise de peine. Tu rentreras vite pour… comment on dit ? Pour bonne conduite ? Voilà, tu seras relâché pour bonne conduite. »

Il sourit. Un sourire de compassion. Il savait tout comme moi qu'il purgerait sa peine jusqu'au bout.

« Bien sûr. Je rentrerai peut-être plus tôt que prévu. Parle-moi de la maison. Tu ne m'as encore rien dit.

– On va bien, on va tous bien.

– Alfredo et Andrea ? Qu'est-ce qu'ils font ? Comment ils vont ? »

C'était la question que j'avais tant redoutée.

Les yeux verts de Massimiliano étaient pleins d'espoir. Il fallait que je trouve la force de lui dire la vérité.

De lui dire que tout allait mal. Que nous n'avions pas vu Andrea depuis des années. Qu'Alfredo avait un pied dans la tombe, que c'était un junkie et que nous ignorions comment le sortir de là. Lui dire que j'avais besoin de son aide pour le tirer des emmerdes.

J'avalai le nœud qui menaçait de m'étouffer.

Je ne pouvais pas. Je ne pouvais pas lui faire ça.

« Tout va bien, Massi'. Vraiment. Andrea a été adopté. Il va bien, il nous rend visite toutes les semaines. Il est dans une bonne famille, une famille bourrée de fric. Il est au lycée.

– En quelle section ?

– Classique. Il n'a que de bonnes notes. Il ira sûrement à l'université.

– Et Alfredo ?

– Alfredo travaille. Comme peintre en bâtiment avec mon père et Francesco. Ils passent toute la journée dehors, mais leur paie est bonne. Il est content, ça lui plaît. Il voulait m'accompagner, mais il n'a pas obtenu de congé. Il y a beaucoup de travail en ce moment. »

Je souris et tentai d'adopter un air convaincant. Un air qui lui permettrait de croire toutes les conneries que j'avais débitées.

Massimiliano avait déjà assez de chagrin comme ça, il était impensable d'y ajouter le mien.

« Bien, je suis content. Tu vois, ce que j'ai fait a servi à quelque chose…

– Qu'est-ce que tu veux dire ? De quoi tu parles ?

– Rien, laisse tomber, ce n'est pas important. »

Mais j'avais compris.

« Tu as fait ça pour eux. Tu as fait ça pour les défendre, hein ? »

Je lui saisis les mains et les pressai. C'étaient les mains qui avaient tué le vieux. Je les avais vues passer devant moi, couvertes de sang. Et elles étaient maintenant là. Dans les miennes.

« Tu sais bien, Beatrice. Tu sais bien. Je n'en pouvais plus. Ça a été plus fort que moi. Je n'ai pas pu me retenir. Quand je suis rentré, j'ai vu mon père pointer un couteau sur Andrea. J'ai tout supporté, pendant des années : la mort de ma mère, les coups, la faim, la peur. Mais ça, c'était trop. Je lui ai arraché le couteau des mains et je l'ai tué, Bea. J'ai tué mon père. Et je revis cette scène en rêve toutes les nuits. Je la revivrai en rêve toute ma vie. Je le mérite. »

Il n'y avait rien à dire. Je l'étreignis. J'embrassai son visage abîmé et douloureux, prématurément vieilli. Je ne savais que faire de toute sa souffrance, je n'arrivais même plus à l'avaler. J'étais impuissante.

Un garde vint nous prévenir que les visites étaient terminées. Je promis à Massimiliano de revenir.

« Beatrice… » Sa voix étouffée me parvint aux oreilles tandis que je m'apprêtais à ouvrir la porte.

« Oui ?

– Veille sur Alfredo. Andrea est fort, il s'en tirera. Pas Alfredo. Si on n'est pas tout le temps sur son dos, il se disperse. Il ne peut pas se débrouiller tout seul. Occupe-toi de lui. Avec toi, il s'en sortira.

– Bien sûr. Je ne laisserai pas tomber, ne t'inquiète pas. Je me charge de lui. »

Mais je n'étais pas certaine d'y parvenir.

42

J'étais épuisée, éreintée, vidée. Alfredo refusait mon aide et, pour la première fois de mon existence, j'étais impuissante. Je m'étais mise en rogne, je l'avais engueulé, frappé, je lui avais même craché dessus. Puis j'avais essayé de le comprendre, de m'y prendre gentiment, je l'avais supplié et flatté. En vain. Alfredo faisait la sourde oreille. Il lisait en moi : il savait que je ne m'en irais pas, que je ne l'abandonnerais jamais.

Il minimisait donc tout. Il refusa la méthadone, prétendant qu'il s'en tirerait tout seul, qu'il n'avait pas besoin de ces toubibs de merde. Il n'était pas un toxico, ne l'avait jamais été, et n'était pas accro à l'héroïne. Il se berçait de l'illusion d'arrêter par ses propres moyens.

Il était impossible de le raisonner. Mais le peu d'Alfredo qui demeurait en lui me promettait de faire attention. De ne pas exagérer.

Il disait qu'il voulait vivre avec moi, que moi seule comptait dans sa vie. Il ne pouvait tout de même pas risquer de mourir. Il ne pouvait pas me planter là.

Il m'arrivait, quant à moi, de l'envisager. Je savais que l'existence serait plus agréable sans lui, sans ce boulet que je traînais depuis près de treize ans. Je pensais à ma vie, cette vie que j'avais gaspillée pour une chose qui n'existait plus, pour une chose qui n'avait peut-être jamais existé. Il n'était pas trop tard pour me ressaisir.

Je rêvais qu'Alfredo disparaisse, je rêvais de trouver le lit vide un matin à mon réveil et de ne plus me souvenir de lui. Comme s'il n'avait jamais existé. Ce serait plus facile.

Je refusais de me rendre compte qu'il n'était plus là depuis longtemps, très longtemps.

Souvent il ne tenait même pas debout, comme si ses os s'effritaient.

Il commença à perdre ses dents. Un matin, il cracha une prémolaire sur la table. Il affirma qu'elle était branlante depuis un moment, qu'il avait reçu un coup en tombant, qu'elle s'était cassée.

Désormais il y avait un trou noir dans son sourire.

Même sa peau avait changé d'aspect. Il avait régulièrement des ampoules, ainsi que des éruptions sur la poitrine et sur les jambes. Cela ne l'empêchait pas de se gratter jusqu'au sang. Je faisais le va-et-vient entre l'appartement et la pharmacie pour lui acheter de quoi apaiser ces démangeaisons.

Je ne pouvais pas le voir dans cet état. Cela empirait de jour en jour.

J'envisageai de partir. D'aller à la gare et de monter dans le premier train sans rien dire à personne. De m'enfuir sans laisser de traces, de tout abandonner. Je ne révélerais pas ma destination, pas même à ma mère. On ne me retrouverait pas.

À force d'y réfléchir, ce projet prit corps dans mon esprit.

Il me manquait juste le courage de le mettre en œuvre.

On était début avril. À quelques jours de mon anniversaire.

Je voulais fêter mes vingt et un ans loin de la Forteresse, loin de cette cage qui, au fil des jours, se resserrait sur moi et m'étouffait.

Loin, peu importait où. Loin d'Alfredo, voilà tout.

La pharmacie où j'achetais les pommades contre les démangeaisons était située dans le centre-ville, et il me fallait environ deux heures de trajet. J'en avais cherché une plus près, en vain. Je m'embarquais une fois par semaine dans une traversée qui, entre l'aller et le retour, me prenait un après-midi entier. Arianna m'avait accompagnée une fois, et cela lui avait suffi, elle s'était immédiatement lassée, découragée par la distance.

Je m'y rendais donc seule. Il était hors de question d'emmener Alfredo, le principal intéressé : il s'endormait debout la plupart du temps et, de toute façon, j'avais honte de me promener avec lui. Déambuler près de ce garçon au visage blanc et aux yeux cerclés de noir, dont l'aspect criait au monde qu'il était drogué, accro et incapable de s'en sortir, me plongeait dans l'embarras.

Maintenant la pharmacienne me connaissait. Elle préparait ce dont j'avais besoin dès qu'elle me voyait entrer. Elle empaquetait les pommades et les flacons de Narcan, l'aspirine et les anti-inflammatoires. Elle y ajoutait gratuitement deux de ces seringues fines dont se servent les junkies. Je n'ai jamais eu le courage de l'en dissuader.

J'étais toujours pressée. Je payais et sortais sans dire au revoir, je n'aimais pas la façon dont elle me regardait depuis l'arrière du comptoir, quand elle me tendait le paquet.

Je lui faisais de la peine, et je n'acceptais la compassion de personne.

Je ressortais humiliée, honteuse, avec la sensation d'être la cible de tous les regards. Les clients qui s'en allaient sur mes talons me scrutaient, tentant de déterminer si c'était moi, la droguée, ou si j'avais eu la malchance de tomber sur un type qui se shootait.

Non loin de la pharmacie se trouvait une agence de voyages. Elle était située juste devant l'arrêt du bus et, lorsque je devais attendre, je regardais les affiches en vitrine. On y voyait des familles heureuses, des villages touristiques, des plages avec une mer bleue et des palmiers, des destinations uniquement accessibles par avion, des endroits où je n'aurais jamais les moyens de me rendre, même si j'économisais pendant cent ans. Et puis je n'étais pas certaine qu'on acceptait les gens de mon espèce à bord des avions.

Mais dans les trains, oui. Dans les trains c'était possible.

C'est ainsi que naquit mon projet.

J'étais en ville par un matin d'avril qui se réchauffait doucement. J'étais seule, entourée d'inconnus, quelques arrêts me séparaient de la gare et, par un pur hasard, le bus qui y menait se présentait de l'autre côté de la rue.

Je sautai dedans juste à temps pour entendre les portes se refermer dans un murmure.

Je n'avais pas de plan précis.

La gare était bondée. On reconnaissait les voyageurs sans difficulté, même s'ils n'avaient pas de valises : ils marchaient d'un pas rapide, s'arrêtaient pour acheter des journaux ou boire un café au bar, sous les arcades. Un vieux bar sale qui me rappelait celui de la Forteresse.

Je ne voulais plus voir ce genre d'endroit, je rêvais de tables blanches, de comptoirs astiqués et de verres propres.

En réalité, les verres propres suffiraient.

Les arcades donnaient sur les quais. Les panneaux changeaient sans cesse d'aspect, signalant dates, horaires, retards et noms de ville inconnus.

Je pouvais par exemple aller chez Marta à Bologne. Ou retourner à Turin auprès de Massimiliano : il serait heureux de me revoir.

Un train à destination de Turin partait dix minutes plus tard. J'ouvris mon portefeuille. Mes trois mille lires ne m'auraient même pas permis d'atteindre la gare suivante, alors Turin… Il me restait une chance : me cacher dans les toilettes du train et y passer une partie du trajet.

D'autres le faisaient, pourquoi pas moi ? Rien ne m'empêchait de trouver un emploi et un appartement à Turin, d'y vivre et de tout oublier, de rendre visite chaque jour à Massimiliano et de lui dire d'oublier à son tour le quartier de merde qui nous avait vus grandir, qui s'était niché en nous comme une maladie et qui nous avait démolis.

Je me bâtirais une autre vie. C'était possible.

Tout était possible.

Je montai dans le train.

Je choisis les chiottes les moins dégueulasses du convoi et m'enfermai à l'intérieur. Il s'agissait tout de même d'un cagibi puant, aussi étroit qu'un cercueil, au sol poisseux, dont la vitre partiellement cassée ne se fermait qu'à moitié.

Répugnant à m'asseoir sur la cuvette infecte, je m'appuyai contre la porte.

Je fixai la paroi blanchâtre en essayant de me persuader que mon choix était le bon, qu'il était nécessaire. C'était la première fois que je faisais quelque chose pour moi, que je déposais le fardeau énorme que je trimballais.

C'était ma vie, je devais la vivre à ma guise, je n'arrivais plus à être le prolongement de quelqu'un. Je voulais être Bea, pas Bea et Alfredo. Juste Bea.

Puis mon regard tomba sur le sac de la pharmacie que j'avais posé dans le lavabo minuscule, le sac pour lequel j'avais parcouru des kilomètres, le sac que j'étais censée apporter à Alfredo.

Il contenait les pommades qui apaiseraient ses démangeaisons, des seringues propres, de l'aspirine pour soulager ses douleurs aux dents et aux jambes.

Du Narcan.

Sans ce médicament, Alfredo risquait de mourir chaque fois

qu'il se shootait. En cas d'overdose, un flacon de Narcan contrariait les effets de l'héroïne, bref, vous ramenait à la vie.

Sans Narcan au bon moment, il mourrait d'un arrêt cardio-respiratoire.

Et ce putain de médicament, c'était moi qui l'avais, à présent.

Je l'emportais à Turin, fuyant pour ne plus voir Alfredo. Qui était je ne sais où, à fabriquer je ne sais quoi.

Je lui ôtais une chance de survivre.

Sur le quai, le chef de gare siffla.

Je me catapultai dehors, roulai sur le marchepied et atterris à genoux sur le quai juste avant que les portes se ferment.

Quelqu'un me demanda si j'étais blessée.

Je répondis par la négative, tandis que mes espoirs de fuite s'éloignaient tout doucement.

J'expliquai que je m'étais trompée de train, que ce n'était pas grave.

De toute façon, cela faisait vingt et un ans que je me trompais.

43

Je rentrai à la Forteresse à la nuit tombée. J'avais mis près de trois heures pour revenir de la gare : les bus étaient rares et je n'avais trouvé personne pour me prendre en stop au pied de la colline. J'avais marché un kilomètre et demi dans l'obscurité.

D'une certaine façon, je pensais l'avoir mérité.

Ma mère me demanda où j'étais passée. Je répondis que j'avais rencontré une vieille copine et que j'étais allée dans un bar avec elle.

Cela ne parut pas éveiller ses soupçons. Pourtant, elle savait que je n'avais pas d'amis ni même de connaissances hors du quartier.

Elle m'apprit, en revanche, qu'Alfredo avait eu un malaise dans l'après-midi. Qu'il avait vomi, qu'il s'était ressaisi mais qu'il refusait de dîner. Il fallait que je le persuade de manger quelque chose.

Alfredo dormait tranquillement chez lui.

La lueur d'une vieille lampe dans le couloir projetait de nouvelles formes sur son visage, en dessinait les contours et soulignait les zones d'ombre, ce qui lui donnait un aspect encore plus maigre, plus émacié, plus maladif.

Ses cheveux blonds en désordre sur l'oreiller, ses lèvres fines rétractées sur ses dents, sa peau tendue sur les pommettes.

Ses cernes violets, aussi nets que des bleus.

Il n'avait que vingt ans, mais il en paraissait beaucoup plus.

Je lui touchai doucement l'épaule pour le réveiller.

« Bea… C'est toi ? Où tu étais ? Il fait presque nuit.

– Ça va ? Tu as mal aux jambes ? Je t'ai acheté des anti-inflammatoires. Tu pourras en prendre un après avoir mangé. Ma mère a préparé des pâtes, je t'en ai monté une assiette. Pourquoi tu restes couché ?

– Je vais me lever. Viens. » Il tendit les bras comme un enfant et je me lovai dedans, m'accrochai à son corps anguleux.

« T'as mis un de ces temps pour rentrer… Où tu étais ?

– Je me suis baladée en ville. Je t'ai acheté du Narcan, il faut que tu l'aies toujours sur toi, n'oublie pas.

– Bea… Tu as rencontré un mec ?

– C'est-à-dire ?

– C'est-à-dire… Tu es sortie avec un mec aujourd'hui ?

– Je te parle du Narcan, et toi, tu me demandes si je sors avec un mec ! Tu m'écoutes, oui ou non ? C'est important, tu sais, ce truc-là peut te sauver la vie.

– Je sais, j'ai compris. Mais maintenant réponds-moi. Tu as un mec ?

– Non, Alfredo. Je n'ai personne. J'ai déjà assez à faire avec toi pour pouvoir me permettre le luxe de me distraire. »

Il eut un sourire content.

« Tu sais, Bea, moi aussi je n'ai que toi. Je n'ai pas d'autre copine.

– Tu rigoles ? Qui veux-tu qui s'intéresse à toi !

– Tu es toujours la même débile. »

Il se tourna de l'autre côté, vexé. J'en profitai pour me lever.

« Allez, le dîner va refroidir. »

On mangea en silence, la tête basse, sans même se regarder. C'était une scène très triste.

Alfredo tripotait les pâtes et s'efforçait d'avaler une bouchée pour me faire plaisir. Mais il n'avait pas faim, c'était évident.

« J'ai failli partir aujourd'hui. » Je le lui appris abruptement. D'une voix blanche.

Il ne redressa même pas la tête.

« Où tu voulais aller ?

– Je ne sais pas. Je suis allée à la gare et je suis montée dans un train. J'étais prête à partir, je te le jure.

– Pourquoi tu ne l'as pas fait ? »

Parce que je t'aime, aurais-je voulu lui dire.

Mais pas assez pour lâcher prise.

Et puis regarde-toi donc, regarde dans quel état tu es. Sans moi, tu ne vivrais pas un jour. Ça n'a rien à voir avec la poudre, les dents que tu perds et le fait que tu ne tiens pas debout. Si je m'en allais, tu mourrais, mais pas à cause des shoots. Tu mourrais parce qu'un morceau, une partie de ta vie se détacherait. Et sans cette partie je crèverais tout de suite après.

Il y a des gens qui le font, aurais-je aimé répondre, il y a des gens qui le font.

Mais moi, je ne t'aime pas assez pour me tuer.

Je ne dis rien.

Je regardai à travers la fenêtre la pénombre absolue de la rue en contrebas que perçaient les lumières d'autres foyers.

« Il fallait que je t'apporte du Narcan. »

44

Je croyais pouvoir m'y habituer : au fond, je m'étais bien habituée à tout. Et ça aurait fini par me sembler normal.

Cette fois, c'était différent. J'avais beau ne pas l'accepter, la situation m'avait échappé, les événements nous avaient emportés, entraînés.

On glissait vers le fond à toute allure.

Il n'y avait plus rien à faire. Je le compris trop tard. Je m'étais obstinée à croire qu'on s'en sortirait, qu'on surmonterait ce dernier écueil.

Sauf qu'on était en train de s'écraser dessus. Au ralenti.

Chaque jour, on perdait un morceau.

Il y avait les bleus sur ses bras et dans son cou. Il y avait la descente, les crises de panique et le manque.

Il y avait les suées, les tremblements, les cernes profonds, la bouche sèche, les gencives foncées et sanglantes.

Il y avait son incapacité à marcher, son extrême maigreur, son visage desséché, momifié, sa peau tendue et transparente.

Les forces qu'il ne retrouvait que pour aller s'acheter de la poudre.

Et chaque fois qu'il franchissait le seuil de l'appartement je m'attendais à ne plus le revoir.

On me dit que nous ne pouvions pas l'aider. Qu'il fallait le laisser tranquille, il était irrécupérable, un cas désespéré.

On me dit que cela ne durerait pas longtemps.

Je suis la seule à savoir ce que je ressentais.

Vous savez que vous perdez des bouts de vous-même en chemin, que quelque chose s'est cassé et qu'il est impossible de le réparer.

Vous savez que votre amour vous échappe, que vous n'arrivez pas à le retenir. Vous voudriez que tout redevienne comme avant, mais vous êtes prête à vous contenter de moins pour le cas où ce serait impossible. Vous vous dites que ce moins suffirait.

Je n'arrivais pas à me tourner de l'autre côté et à faire semblant de rien. Quand bien même j'aurais essayé, je l'avais tout le temps sous les yeux.

Il avait choisi sa route, je devais choisir la mienne.

Sans rien dire, sans me plaindre. Je relâchai donc ma surveillance, même si cela équivalait à accepter sa mort.

J'ai suivi cette route, je l'ai suivie jusqu'au bout.

Jusqu'au jour où il est mort.

Après, je n'ai plus rien eu à suivre.

45

Les jumeaux. Voilà comment on nous appelait.

J'étais dans la salle de bains.

J'étais debout devant la baignoire écaillée par le calcaire.

J'étais dans la salle de bains, mais pas dans celle de mes parents. Et Alfredo était à mes pieds.

Assis, le dos appuyé contre le mur, les jambes tendues, la bouche ouverte.

La seringue pendait de son bras en un comique macabre.

On disait que nous étions des jumeaux, et nous l'avons peut-être été.

Pas maintenant.

J'étais debout, j'étais blanche.

Alfredo était par terre, Alfredo était bleu.

J'étais vivante.

Pas lui.

J'ai essayé de l'oublier tout de suite. J'ai voulu faire semblant de rien, mais son visage s'est ancré dans mes yeux, comme la vieille brûlure. Une autre de ses plaisanteries stupides, la énième affirmation de son pouvoir sur moi.

J'ai senti le sol glacé et sale sous mes jambes qui ployaient, les carreaux aussi froids que son corps, son visage, ses lèvres bleues, cette peau qui refusait de se réchauffer.

Je sais que je l'ai embrassé, je sais que j'ai tenté de le retenir, de le garder, mais sa chair était froide, plus froide que tout le froid du monde, aussi froide que le sol et que ce que j'avais gardé au fond de moi.

Trop froide pour pouvoir revenir.

Il y a des mains dans cette obscurité, et il y a des voix. Il y a des mains chaudes, vivantes, et des mots inquiets. Quelqu'un qui pleure peut-être, mais pas moi.

Ils crient et je crie encore plus fort, j'essaie de les écarter, de te défendre contre ces mains qui me tirent, me forcent et me caressent, qui tentent de m'éloigner de toi, qui glissent parce que je ne te lâche pas. Ne t'inquiète pas, Alfredo, n'aie pas peur, je reste ici avec toi.

Dans le noir.

46

Il y a eu l'obscurité, puis il y a eu une forte lumière. Un réveil qui a planté ses crocs dans mes entrailles, un réveil assez douloureux pour ressembler à une deuxième mort.

47

Aujourd'hui le soleil brille, il fait chaud.

Je quitte l'église, traverse le terre-plein de gravier et m'assieds sur un banc.

J'allume une cigarette, regarde mes doigts, attends.

Quand sort le cercueil d'Alfredo, je lève une main en guise de salut.

Dans la foule qui se presse sur l'esplanade de la Pagode, une ou deux personnes agitent la leur, croyant que je m'adresse à elles. Peu importe, qu'elles pensent donc ce qu'elles veulent. Alfredo sait.

Je jette la cigarette que je n'ai fumée qu'à moitié et m'en vais.

Je rentre chez moi, je rentre faire une chose que je ne devrais pas faire.

Il y a cette porte égratignée devant moi et, renversé sur le seuil, le paillasson crasseux que personne n'a jamais nettoyé. Je glisse ma clef dans la serrure.

À l'intérieur, personne. Rien d'étonnant : trois membres de cette famille sont morts, un quatrième est en prison, un cinquième a été adopté. Par de braves gens, j'espère.

La mairie attribuera cet appartement à une autre famille, de Noirs, de Gitans ou de Calabrais, et une autre famille encore viendra le squatter, elle forcera la serrure, il y aura des disputes, des assiettes et des ordures jetées par la fenêtre, des problèmes avec les policiers et des nuits blanches, puis il y aura des enfants qui auront peur car, leur dira-t-on, un garçon est mort d'overdose et a été retrouvé ici par une fille qui en est devenue folle, la nuit on entend des pas, des rires et une musique lointaine. Il y a des fantômes dans cet appartement.

Le soleil, cette lumière aveuglante qui pénètre par la fenêtre ouverte.

Il inonde les pièces, fait briller les chromes de la cuisine et le carrelage blanc de la salle de bains.

Je ne suis pas entrée. Je suis restée sur le seuil, suivant des yeux les jeux de lumière sur les murs. Après qu'on eut emmené Alfredo, tout a été nettoyé. Je me suis agenouillée et j'ai tiré vers moi le tapis de douche. Il y avait une tache de sang dans un coin, son sang sec, figé dans ses veines.

Je me suis levée et j'ai vu mon reflet dans la glace. Et Alfredo, Alfredo se tenait derrière moi. Il m'a souri. J'ai souri moi aussi et je lui ai dit que son fantôme ne me faisait pas plus peur que lui en vie.

Son image a éclaté de rire. Puis elle s'est dissipée comme de la fumée.

Dans la chambre, le bordel. Comme s'il était parti subitement et s'apprêtait à revenir. Des vêtements en vrac par terre et sur une chaise, des tiroirs grand ouverts, des cassettes d'Antonello Venditti et de Claudio Baglioni éparpillées sur le lit.

Le lit défait, les draps entortillés.

Je me suis allongée, j'ai remonté le drap sur ma tête. Dedans, mon odeur et la sienne.

Il n'est pas trop tard, pas encore.

Alors je prends l'oreiller, l'oreiller qui a conservé notre odeur, l'odeur que nous nous étions échangée, qui nous rendait identiques.

Je le glisse sous mon bras, traverse le couloir et referme la porte de cet appartement derrière moi.

Pour toujours, j'espère.

Le plus étrange, c'est qu'on apprend rapidement. On se met très vite à reconnaître les choses, à les appeler par leur nom. Quand meurt celui qu'on aime, quelque chose vous saisit au ventre et vous retient. Pas le cœur, non, les battements cardiaques ne changent pas, le sang circule, la poitrine est indolore, le pincement au cœur n'est qu'une invention de ceux qui écrivent des romans-feuilletons dans l'hebdomadaire du jeudi.

La douleur qui vous plie en deux concerne l'estomac.

Elle ne fait pas mal comme un coup de poing, c'est pire. Elle part de l'intérieur, vous égratigne la gorge, vous noie les entrailles et referme tout.

Le chagrin d'un amour mort est aussi féroce qu'un étouffement, mais je m'y habituerai.

Il y a mille autres choses auxquelles je devrai m'habituer et dont je devrai me passer.

Les bruits, les odeurs et les lumières de cet endroit. Quand je m'en irai, j'aurai à supporter un autre genre de jungle, plus rythmée, moins désordonnée.

Le cliquetis de la vaisselle. Les téléviseurs à plein volume. La pénombre oppressante des espaces exigus. Les cris et les éclats de rire, les mobylettes sans pot d'échappement qui font des embardées dans des rues minables, le bruit agaçant des sabots en bois sur les marches d'escalier à l'heure la plus chaude de l'été. Les râles étouffés, le verre qui se brise, les coups de feu au loin. Les moteurs qui grondent pour aller s'écraser contre un rail de sécurité où quelqu'un apportera chaque semaine lettres, fanions, larmes et fleurs fraîches. Le silence sourd des vieux lavoirs où personne ne viendra jamais nous chercher.

L'odeur de l'eau, l'odeur du linge qui sèche et celle du bois pourri qui se désagrège sous la pluie. L'odeur de l'herbe, celle des amphétamines et celle de l'héroïne. La poudre de fusil, l'odeur du sang et des draps qui l'absorbent. Les copeaux de sciure qui se glissent dans vos cheveux et refusent d'en partir. L'haleine fétide des recoins sombres. Le vin de mauvaise qualité, l'humanité avilie.

La lumière bleuâtre des terrasses que les rayons de soleil n'atteignent jamais, la lumière jaunâtre, souvent épaisse, des paliers. Le couchant que reflètent les tessons de bouteille sur l'asphalte et qui brillent comme des diamants. Les phares de la nuit, les stops qui clignotent, le reflet bleu des téléviseurs allumés dans des appartements noirs.

Le bruit de tes pas, ton odeur qui s'évapore sur l'oreiller, la lumière du jour où tu m'as abandonnée.

48

Je descends chez moi. Ma mère est seule dans l'appartement.

Elle n'a pas voulu assister à l'enterrement : elle ne supporte pas les adieux.

Quand c'est votre fils qui meurt, c'est encore pire.

Mon père et Francesco, eux, ont accompli un effort sur eux-mêmes. Ils avaient beau avoir les yeux rouges et les joues mal rasées, peu présentables, ils sont allés à l'église. Ils ont porté le cercueil sur une épaule.

De l'entrée, j'entends ma mère s'agiter dans la salle de bains. Je l'y rejoins.

Agenouillée, agrippée à la cuvette des chiottes, elle vomit tout ce qu'elle peut.

Pourtant, elle n'a rien avalé depuis plusieurs jours.

Une odeur de café qui bout s'élève de la cuisine. Une odeur atroce, détestable.

Elle se lève, les yeux embués de larmes. «Alfredo, notre petit Alfredo n'est plus là. »

Soudain, tout semble se compliquer.

J'aimerais l'embrasser, lui dire d'arrêter de pleurer, mais je n'y arrive pas. Je l'esquive et prends sa place. Je me penche et vomis à mon tour. Mon vomi sur le sien, mon chagrin sur son chagrin, je ne sais pas si ça marche, si les deux s'annulent.

Je me redresse, me nettoie la bouche du dos de la main et crache. Je n'ai pas supporté de la voir vomir, je n'ai pas supporté cette odeur de café bouillu. Depuis un certain temps les odeurs fortes me gênent, elles me retournent l'estomac.

Je regarde ma mère. Elle me regarde. Ses yeux me transpercent, lisent en moi, son regard se glisse dans ma bouche et s'insinue dans mon cœur, mes poumons, mon foie. Mon ventre.

Ses yeux me sondent.

« Depuis quand, Bea ? »

Ma mère est encore jeune, elle a trente-sept ans. Elle est belle et elle me ressemble. Elle ressemble aussi à Alfredo. Ici, on se ressemble tous.

Je garde le silence. Elle lira la réponse en moi.

« Depuis combien de temps es-tu enceinte ? »

Voilà la vague qui arrive. Je l'attendais. Je m'effondre par terre. Je pleure.

« Deux mois. »

Je ne sais pas si je trouverai le courage de révéler à mon enfant que son père est mort sans même connaître son existence.

49

Les jours suivants, j'essaie de survivre.

Ma mère s'occupe de moi comme si j'étais malade. Elle m'oblige à rester au lit, elle me cuisine de bonnes choses. Je n'ai rien mangé depuis plusieurs jours, elle dit que ce n'est pas bon.

Elle dit que cela n'est pas bon pour *lui*.

Pour la satisfaire, j'avale tout ce qu'elle m'apporte. Des pâtes à la sauce tomate, de la viande, des fruits, parfois de la glace. Je n'ai pas envie de manger, mais je me force, car cuisiner apaise ma mère. Elle se sent utile, et je ne veux pas qu'elle tombe malade.

Je le suis, moi, et ça suffit.

Les jours qui s'écoulent me semblent longs, irrespirables, interminables. Il m'arrive de penser que je suis morte, moi aussi, et alors ça va mieux.

Arianna me tient compagnie, elle me caresse, m'embrasse, me bourre le crâne d'histoires stupides concernant notre enfance, de choses que j'ai oubliées. Elle me tire souvent des rires, et une régurgitation de tendresse m'égratigne la gorge. Je lui dis que je suis contente de l'avoir comme amie, je lui demande de me raconter encore des histoires.

Nous revivons le passé à travers sa bouche, mais le nom d'Alfredo, pourtant présent dans ce passé, ne franchit jamais ses lèvres.

Je ne lui demande pas pourquoi. Je sais que cela la meurtrit. Arianna ne se rendra jamais sur sa tombe. Elle dira qu'elle préfère penser qu'il est parti.

Elle dira que, parfois, il vaut mieux inventer un mensonge et l'entretenir. Sinon on n'avance pas.

Je ne suis pas de son avis. Moi, je ne peux pas vivre dans le mensonge. Tout du moins pas maintenant.

Mon père accompagnera ma mère au cimetière tous les jours. Elle priera, apportera des fleurs fraîches et des peluches. Cette façon acharnée de manifester son amour à une tombe me paraîtra stupide, mais l'illusion de combler Alfredo de tendresse l'aidera à se sentir moins seule.

Mon état s'améliore tout doucement. Maintenant je peux tenir debout, mes jambes ne se dérobent plus. Il m'arrive de penser à l'avenir et de me demander à qui ressemblera mon enfant.

S'il sera le mien, ou le sien.

Parfois, la nuit, je me réveille et tends la main. Mais je ne trouve que le corps de mon frère. Francesco sait à quoi je pense à ce moment-là. Il me serre dans ses bras jusqu'à ce que je me rendorme.

Nous avons l'impression que tout ça ne finira pas, mais nous savons que ça passera.

Un après-midi, alors que je fume sur mon lit, mon père entre dans ma chambre. Il a un regard bizarre, comme honteux.

«Bea, dit-il, j'ai besoin d'une photo pour la pierre tombale.»

Il prononce ces mots si faiblement que j'ai du mal à les entendre.

J'éteins ma cigarette, me lève et me dirige vers l'armoire. Au fond, derrière de vieux vêtements, il y a une enveloppe contenant des photos.

Je les éparpille sur le lit.

Souvenirs des années soixante-dix, photos de nous enfants. Francesco et Alfredo, tout petits, boudant devant un ballon. Une image de nous trois dans la baignoire, on voit aussi les mains de ma mère, coupées par le cadre. Ma famille au complet, avec Massimiliano et Andrea.

Alfredo assis sur un banc, les pieds ne touchant pas terre, le regard fixé sur l'objectif, un sourire sur les lèvres.

Cette photo me paraît adaptée et je la tends à mon père. Il la contemple d'un air de compassion. Il pense que j'ai perdu la tête.

«Ma chérie, on ne peut pas utiliser cette photo.

– Pourquoi?

– Il en faut une plus récente. Ici, il n'a pas huit ans.

– Mais c'est lui. Peu importe quand elle a été prise.

– Impossible.»

Je hausse les épaules. Je m'en fous complètement.

Dissimulés sous les autres, les clichés de mon dix-huitième anniversaire. Arianna, Francesco. Mes copains qui me fêtent.

Alfredo qui m'étreint devant le gâteau.

«Et ça?»

Mon père s'empare délicatement de la photo.

«On a le négatif?

– Qu'est-ce que tu veux en faire?

– Une copie.

– On l'a perdu depuis longtemps, papa.

– Alors il faut que je la découpe, Bea.

– Pourquoi? Mets-la comme ça.»

Son regard traduit l'horreur de ce qu'il s'apprête à me dire. Il aimerait me voir heureuse. Il aimerait me voir guérir. Mais c'est trop tôt.

Il me serre contre lui, il pose sa joue rêche contre la mienne. C'est la première fois.

«Je ne peux pas. Je ne peux pas vous mettre tous les deux sur la tombe. Toi, tu n'es pas morte.»

Je garde le silence.
Je ne veux pas le contredire.

Je finis par accepter qu'il la découpe. Une photo, ça ne change pas grand-chose. Je le suis dans le couloir. Je le regarde prendre des ciseaux dans un tiroir. Je regarde la lame fendre le papier.

Je ferme les paupières. J'entends les ciseaux.

Un bout de la photo atterrit à mes pieds. Sur le sol, je découvre mon visage, mon visage qui ne me regarde pas.

Maintenant il n'y a plus que moi.

50

Plus les jours passeront, plus je me sentirai à l'étroit à la Forteresse. J'éprouverai le besoin de partir, et c'est ce que je ferai.

Je remplirai une valise de choses inutiles, achèterai un billet de train à destination de Bologne.

Je rejoindrai Marta. Elle a trouvé un petit appartement dans le centre-ville, je sais déjà qu'il me plaira.

Elle m'hébergera et elle en sera heureuse, même si nous ne nous sommes pas vues depuis près de quatre ans.

Elle dira qu'il lui semble que c'était hier.

Nous vivrons ensemble, nous vivrons toujours ensemble. Elle ne me demandera pas de lui parler d'Alfredo, et je lui en serai reconnaissante. Marta sera toujours là pour moi. Elle sera là toutes les fois où j'aurai besoin d'être relevée, toutes les fois où je n'arriverai pas à marcher.

Elle regardera mon ventre grossir. Non sans émotion, elle sentira la chose qui bouge à l'intérieur, qui donne des coups de pied la nuit et parfois me réveille.

Elle sera sûre que c'est une fille, même si personne ne sait encore, même si je n'ai pas voulu savoir. Elle espérera jusqu'au bout avoir raison.

C'est elle qui me conduira à l'hôpital par une nuit de janvier 1988. Elle tuera le temps en arpentant le couloir, en fumant et en buvant du café. En attendant ce bébé qui est le mien et donc un peu le sien.

Ce sera un garçon. Je l'appellerai Mattia.

Je téléphonerai à ma mère le lendemain matin, je lui dirai que j'ai un enfant.

Elle voudra me rendre visite, elle me priera de rentrer, mais je ne pourrai pas.

Il faudra pour ça plusieurs années.

Je m'installerai à Bologne. Je vivrai avec mon fils et Marta. Le jour où il lui dira « tantine » elle sera touchée jusqu'aux larmes. Je me moquerai d'elle en la singeant.

Soudain j'aurai l'impression d'être heureuse. Heureuse en regardant mon fils grandir et en constatant qu'il n'a rien hérité de moi, pas un seul détail. Peut-être un peu les lèvres, mais ce n'est pas sûr, il est difficile de distinguer des ressemblances chez les petits. Mattia est blond, blond aux yeux verts. Il a pris tout ce qu'il pouvait d'Alfredo, c'est le portrait craché de son père.

Je sourirai en y pensant et je penserai aussi que le temps anesthésie tout, jusqu'au plus grand des chagrins.

Cinq ans plus tard, je retournerai à la Forteresse pour la première fois, et rien n'aura changé.

Il y aura ma famille. Il y aura mon père vautré sur le canapé devant un match de foot à la télé, il y aura Arianna et Francesco. Ils sont encore ensemble, ils ne se sont plus quittés. Il y aura aussi tous les copains qui voudront me voir, il y aura l'appartement d'Alfredo encore vide.

C'est une chance, je n'aurais pas aimé que cet appartement soit celui de quelqu'un d'autre.

Et puis il y aura ma mère.

Ma maman qui sera toujours la même, à quelques cheveux blancs près.

Elle pleurera à la vue de Mattia et me dira des choses que je sais déjà.

« Bon sang, c'est le portrait d'Alfredo au même âge. »

Après quelques jours, je trouverai la force d'aller dans ce cimetière où je ne suis jamais entrée et je regarderai la photo sur la pierre tombale, cette photo prise le jour de mon dix-huitième anniversaire. Cette photo où Alfredo ne fixe pas l'objectif.

Rien ne me semblera aussi loin que l'instant emprisonné par le flash. Alors je serrerai contre moi Mattia, cet enfant qui ressemble à Alfredo et dont Alfredo ignorait l'existence. Et la pensée de ce qui aurait pu se produire s'il était encore en vie, de ce que nous aurions fait devant cet enfant arrivé par hasard, me saisira à la gorge.

La pensée de ce que nous aurions été, car je n'ai plus aimé personne après lui.

« Maman, tu pleures ? »

Je regarde Mattia, trop petit pour remarquer sa ressemblance extraordinaire avec la photo, devant lui. Je souris.

« Non, mon amour, je ne pleure pas. »

Un jour je lui expliquerai pourquoi le garçon de la photo ne fixait pas l'objectif.

Un jour je lui dirai qui est Alfredo.

Un jour, pas maintenant.

Ce n'est pas pressé.

Cet ouvrage a été achevé d'imprimer
en mai 2013 dans les ateliers de
Normandie Roto Impression s.a.s.
61250 Lonrai

N° d'imprimeur : 131816
Dépôt légal : septembre 2013
ISBN 978-2-84876-341-5
Imprimé en France